初夏《はつなつ》の色

橋本治

新潮社

初夏の色　目次

装画　小関セキ
装幀　新潮社装幀室

初夏《はつなつ》の色

助けて

㈠

　ドアが開いたような気がするので料理の手を止めて覗いてみると、リヴィングルームの真ん中に博嗣《ひろし》が立っていた。

「帰り何時？」のメールを送ったのは一時間以上も前で、その返しはなかった。同棲して二年にもなるから、「なんでメール返さないのよ」の騒ぎもない。もう慣れている。でも、黙って入って来られると、やはりいやな気がする。「帰って来たら〝ただいま〟くらい言ってよ。落ち着かないから」と以前に言って、それ以来はドアを開ければ「ただいま」と言った。その博嗣が黙って突っ立っている。

なにかへんな気はしたが、だからこそで順子は、「お帰り、どうだったの？」と博嗣に尋ねた。東日本大震災が起こって一ヶ月後のことで、民放テレビ局のアナウンサーをしていた博嗣は、取材でその被災地へ行っていた。

「どうだったの？」と問われても、博嗣はなにも答えない。黒いダウンの上着を着て立ったまま、順子の方を見ようともしない。

「どうしたの？」と言うと、そのままの姿勢で「酒ある？」と言った。博嗣の視線の先には、なにも映っていないテレビの黒い画面がある。順子はなんだか、いやな気がした。

「また出掛けるの？」と言うと、博嗣は振り向いて、「いや――」と言った。その顔色がよくない。

「寒いの？　寒いんじゃなかったら上脱ぎなさいよ」と言うと、「うん」と言ってそのままソファに座り込んだ。

博嗣が順子の言うことを聞いていることだけは分かるが、寒いのか寒くないのかは分からない。東北はいざ知らず、桜の咲いた東京が、室内でダウンの上着を必要とするほど寒いとは思えない。

「どうしたの？」と順子が言いかけると、座ったままの博嗣が上着を脱いだ。ネクタイの襟元をゆるめると、改めて「酒ある？」と言った。どう見ても陽気な酒ではない。その陰気を憚《はばか》るつもりで、「ビールなら自分で出しなさいよ」と順子は言った。

それを無視するように、博嗣は「酎ハイは？」と言った。「ないわよ」と言われると、「ワインは？」と言った。

あの大震災の被災地に行ったのだから、なにかはあっただろう。だから帰って来た博嗣に、順子は「どうだったの？」と聞いた。それなのに博嗣はなにも答えない。なにを言うかと思ったら、いきなり「酒ある？」だ。「飲みたきゃ飲め」と思う順子は、立ったまま「あるから自分で出して飲みなさいよ」と言った。それだけでは収まらないので、「なに甘えてるんだ」と、口の中で呟いた。

博嗣と順子は大学時代からの知り合いだが、ただそれだけのことで、順子的に博嗣は、友人でもなく恋人でもなかった。学内の飲み会で、博嗣の学科にいた友人に「来ない？」と誘われ、博嗣に会った。格別に「紹介された」という記憶もない。「ロクな男がいないな」と思う飲み会の席で、「来ない？」と誘った友人から「あの人、アナウンサー志望なんだって」と耳打ちされた時、細長いテーブルの対角線の端にいた博嗣と目が合った。その顔を見て順子は、「バカか――」と思った。

順子にとって、アナウンサーと言えば「女子アナ」で、それになりたがっている男がいるとは思えなかった。今でもそうだが、博嗣は「知的なジャーナリスト」という顔をしていない。どんな顔をしているのかと言えば、色白の小作りな坊や顔で、「すべてに対して順応的な坊や」としか思えなかった。

二次会に誘われたのを断って、それ以上のことはないものと思っていたが、大学というところはムラ社会でもあるので、一度顔見知りになってしまうと、容赦なく声を掛けられてしまう。順子の方ではどうとも思わなかったが、博嗣の方ではなにが気に入ったのか、会うとすぐ「やァ」と声を掛けて来る。ある晴れた日にキャンパスで、順子は博嗣のことを「女子アナになりたい男」とインプットし直した。

「やァ」と言われてただ立っているのもバカらしいので、順子の方から「アナウンサーになりたいんですって?」と言うと、「あ、知っててくれたんですか。嬉しいな」と答えて、屈託のない表情で笑った。その顔が順子のサディスティックな感情を刺激して、「なんで女子アナなんかになりたいの?」と言ってしまった。

博嗣は、「女子アナにはならないですよ」と笑いながら言って、「つまらない冗談で笑う男だ」と順子に侮られた。「じゃ、なにになりたいの?」と言うと、「別に。どうしてアナウンサーになりたいのかっていうのは、ないんですけどね、色んな人に会えるじゃないですか」と言った。「それをそのまんま面接で言わない方がいいと思うけどね」と言うと、少し考えてから、「そうですね」と言った。

順子は「大丈夫かよ?」と思ったが、博嗣は臆する風もなく、「お茶でも飲みませんか?」と言った。不幸なことに順子は暇だったので、「いいわよ」と言った。そうして順子は、付き合う気もなく博嗣と付き合うことになり、思いつきで決めつけた「すべてに順応的な坊や」のしぶとさを知ることになる。

博嗣はへこたれない。鈍感なのかもしれないが、「私、あなたに全然関心ないよ」と順子に言われても、「うん」と言ったまま平然としている。うっかりすると、順子に対する関心がまったくない博嗣に、順子が焦《じ》れているようにも聞こえる。博嗣は、「あなたに全然関心がないの」という状況を受け入れて、それに対して順応的なのだ。

「あなた、付き合ってる人っていないの？」と言うと、「いますよ」と言った。順子は慌てて、「私じゃなくてよ」と言ったが、博嗣は平気で、「はい、いますよ」と言った。

言われた刹那、まだ若かった順子は、「あんた、二股かけてるの！」と思った。思っただけで、口にするのはセーブした。相手がなにを考えているかは知らないが、それを言ったら相手の思うツボだ。うっかりすると博嗣は、なにもしないままで、順子をやんわりと追いつめていたりする。

博嗣と違って、順子はすべてに対して順応的ではない。初めはすべてを受け入れていて、その後で必ず文句を言う。だから博嗣が分からない。分からなくても構わない。自分が博嗣に対して優越的な立場にあることに変わりはないから。

(二)

博嗣はアナウンサーになった。念願のアナウンサーになったのだから嬉しかったのだろうが、普段から、会えばいつでも嬉しそうな顔をしていたので、「念願を果たした」というようにも見えなかった。アナウンサーの養成セミナーに通っていたことを順子は知っていたが、それで苦労やら苦闘をしているとも思えなかったので、「受かったんですよ」と博嗣に言われた時も、ただ「へー」だった。本音を言えば、「なんであんたが？」だったが。

博嗣は順子に「祝って下さいよ」と言った。「いやよ」と言う理由もないので、「いいわよ」と言った。どうせ費用は博嗣持ちで、順子には「博嗣を祝福したい」という気もなかったが、それを強く拒否したいという気もなかった。順子にとって、博嗣はそういう男だったのだ。

その博嗣が食事の後で、「少し休んで行きませんか」とさらっと言った。

「お祝いだからいいか」と思って、順子は目だけでうなずいた。口に出してなにか言ったら、まるで喜んでいるように思われそうで、それがいやだった。

色白で細身の体のように見えた博嗣が、裸になってみると意外なほど「男」だった。ベッドから出て服を着ようとした順子は、博嗣の後ろ姿に向かって、「ねェ、どうして？」と言ったが、振り返った博嗣に「なァに?」と言われると、自分がなにを尋ねたいのかが分からなくなった。目の前でネクタイを結び直している男が、「ねェ、なんであんたはそんなに〝男〟なの?」と尋ねたいような相手には見えなかったので——。

自分の目の前にいる男は、自分の思うような「意志薄弱坊や」ではないのかもしれないとは思ったが、それと同時に、「そんな風に思うのは気のせいかもしれない」と思った。服を着た博嗣は、やはり「その程度の男」だった。

しかし、「その程度の男」が自分の希望を通してアナウンサーになった。同じ年に大学を卒業する順子は、デパートに採用された。「デパート勤務をしたい」と思ったわけではない。格別な志望先もないまま手当たり次第の就職活動をしていたら、どう間違ったのか、デパートの内定を得てしまった。

順子は愛想の悪い女ではない。外柔内剛《がいじゅうないごう》の女だから、愛想はいい。しかし、その愛想のよさを持続させていると、ストレスで大変なことになってしまう。「出来ないはずはない」と思うが、微笑み仮面を着けたままの接客業が向いているとも思えない。「それなのになぜ志望した?」という自問を忘れて、「なんで私なんかを採ったんだ?」と思う、それが、初めはすべてを受け入れて後で文句を言う順子という女だ。

「自分が悪い」と思わないわけではない。ちょっとだけ「自分が悪い」と思いはするが、根本のところで「自分に不満を感じさせる外部のありようが悪い」としか思っていないから、批判精神いる。

だけは旺盛だが、その批判が「意味のある形」にならない。だから、たいした手管《てくだ》を弄しているとも思えない、順応性の塊であるような博嗣に、結局のところで従わされるようなことになっている。

大学時代は、男に二股をかけていた。博嗣を入れれば三股になる――順子の方ではそう思っていたが、二股をかけられた男が「二股をかけられている」と思っていたかどうかは分からない。博嗣を除いて、順子と関係を持ったのは、順子に執着をしない男ばかりだった。自分自身ではそのような理解をしていないのだが、順子は、ロマンチシズムとか抒情性と言われるものを持ち合わせない女だった。

会社へ入ってからも、二人の男と関係を持った。一人は職場の同僚で、一人は同年の取引先の男だった。二十五歳を過ぎたら、妻子持ちの上司と不倫関係になって、一年もしたら飽きていた。

それまでにも飽きて男と別れたことはあったが、上司との関係の「飽きた」の背後には、それまでに感じたことのない「不毛さ」があった。妻子持ちの男と結婚したかったわけでもない。「なんで〝不毛〟という感じがするのだろう?」と思って、順子は一人で酒を呑んだ。

それを見計らっていたわけでもないだろうが、不倫の関係をないことにしてしまった順子に、博嗣は「一緒に住まないか?」と持ちかけた。もちろん順子は、「不倫をしている」とも「不倫は終わった」とも、博嗣には言わなかった。

「結婚しないか?」と言えば、「なんであんたなんかと」と言われるのはわかっていたし、二十六歳の博嗣は、「結婚はまだちょっとな――」と思っていた。

バーのカウンターで「一緒に住まないか?」と言われて、順子は考えた。博嗣は空気のような存在だから、一つの部屋にいたとしても問題にはならないだろうが、「どこに住めるか」という素敵な問題もある。

博嗣は職掌柄《しょくしょうがら》、「万一の事があった場合すぐ局へ駆けつけられるように」と、勤務する局の近くに住むように言われている。局があるのは都心の一等地だから、当然家賃の補助はある。順子の父親の買った家は、都心まで一時間もかかるような場所だから、いい加減そこには戻りたくない。博嗣が住んでいるのは二DKの部屋で、二人で住むには狭い――と、愛情で共同生活を始めるわけではない順子は思う。そこを博嗣は、「自分の住んでいるマンションの上の階でもう少し広い部屋が空いたからどうか?」と攻めて来る。順子はその気のないような顔をして、「いいけど――」と言った。

微妙に気が進まないのは、ルームシェアだと順子も応分の家賃を払わなければならない。それがめんどくさい。いっそなら仕事を辞めたいとは思うが、博嗣が言うのは「結婚しよう」ではない。別に博嗣と結婚したいわけではないいし、働くのがいやになったというわけでもないが、働くことに対してなんとなくゾワゾワと不快な感じもする。情緒的になる能力を欠いている順子は不思議に分析的になって、自分の勤めている業種と自分の労働のあり方を考えてしまう。つまり、ゆるやかな下降線を描いて景気低迷中であり続けるデパート業界の中で、自分一人があくせくと働くことにどれほどの意味があるのか？　それは構造的に無理なことではないか、という思いである。

順子が接客業務に向いていないことなどは会社も承知していて、突つけば不満の多さを丸出しにする彼女は、商品開発部に回された。そこで「見所あり」と思われたらしく、不倫相手の上司がいた販売促進部の方に回された。そこの上司に、「頑張れって言うんなら頑張りますけど、構造的に無理な部分だってあるんじゃないんですか？」と言ってしまった。

上司は「そうだな」と言って、そこから余分な関係が発生してしまった。順子が妻子ある上司と余分な関係を持ってしまったのは、「自分の職場をもう少し自分に分かりやすいものにしたい」という、余人には理解不能な理由からだったが、それを当人が理解しているわけではない。

「構造的に無理なんだよね」という話は、「一緒に住まないか？」の話が片付いた後で、世間話のようにして博嗣に言った。なにが「構造的に無理」なのかはよく分からないまま、博嗣の答は「ふーん」だった。「だったら辞める？」にでも「結婚する？」にでもならなかった。

順子は、「お前はジャーナリストの端くれなのに、〝構造的〟という言葉に反応しないのか？」と思ってムカッとした。ムカッとするだけでそれを口にしなかったのは、自分の怒り方がどこかでずれているような気がしたからだった。

(三)

博嗣と暮すようになって、順子が気がついたことがある。それは、「自分が家事というものが結構好きな女だ」ということだった。

実家にいた時は、母親の存在が煩《わずら》わしくて、なにもする気が起きなかった。「なにも出来なかったら恥ずかしいでしょう」と言って、料理の手ほどきを受けはしたが、結局は母親がすべてをやってしまうので、その後の発展がない。家にいれば「なにも出来ない娘」のレッテルを貼られるだけなので、なおさらなにもする気が起きなかった。

それが、博嗣と同棲し仕事と家事の二本立てになったら、へんなやる気が起きてしまった。自分の上に立ってあれこれと命令する人間がいないと思うと、「面倒だ」と文句を言うより先、テキパキと片付けたい気が生まれてしまう。順子は、「自分は働き者の女だったのか――」と思って、少しあきれた。

その順子の働き者性を、同居の博嗣がプッシュする。同居の以前には気づかなかったが、順応主義の権化であるような博嗣は、小さな男権主義者だった。

同居前の博嗣の部屋がゴミだらけだったわけではない。一通り以上の掃除はしているように見えたが、一緒に暮してみるとなにもしない。順子が掃除機をかけてリヴィングルームの掃除を始めると、ソファに座ったまま、なにもしない。なにをするでもなく、掃除をする順子の邪魔にならないように座って、なにもしない。「手伝おうか」でも「やるよ」でもない。なにもしない。家の父親と同じだ。「やりなさいよ！」と言うのも面倒なので、つい自分でやってしまう——それは母親と同じだ。

働き者の順子は、放っとけば「邪魔になるから」という理由でなにもしない博嗣の尻を叩きながら、あることに気づいた。博嗣は、すべてに安住する男権主義者で、だからこそアナウンサーの採用試験に通ったのではないかと。

博嗣は、さしたる特徴のないおとなしそうな顔つきをしている。言われたことをなんとかこなすし、頑張りも見せるが、それ以上のことはない。担当は報道ということになってはいるが、画面には出て来ない。出て来るのは深夜のヴァラエティー番組で、まともなことしか出来ない不器用さを、芸人やタレント達にからかわれている。博嗣の実像がその通りのものだとは思わないが、それを見ていると、現実の博嗣も、「いるだけでなにもしない。人にからかわれることを存在理由とする若オヤジ」のようなものである気がして来る。

昔ながらの男性アナウンサーを採用してもしょうがないから、博嗣のような男でもアナウンサーとして採用されるのだろうが、特徴のない抵抗感のない顔つきをしていても、博嗣の中身は変わりようのない男権主義者で、いくら看板を描き変えても、彼を採用するテレビ局もまた、動きようのないオヤジ社会なのだと、順子は思った。

思うばかりでどうだというわけではない。博嗣がテレビ局のアナウンサーになっているのは「構造的な問題」で、「構造的な問題」を発見した順子は、「構造的な問題」の中にいる男とそれなりの関係を持つことになっている——だからこそ順子は、既に博嗣と同棲をしていたのだ。

業種の違う二人は、勤務時間のシフトも違う。報道の博嗣には、当直という深夜勤務のローテーションもある。仕事に出てしまう順子は、当直明けでグダグダしている博嗣の姿を見なくてもすむ。同棲はしていても、博嗣と順子は恋人同士ではないから、「逢えなくて寂しい」ということも、まずない。博嗣と暮す内に、「専業主婦という選択肢もないわけではないな」と順子は思うようにもなったが、それで二人の関係が新たな展開を見せるということもなかった。順子と博嗣の関係は、晴れでもなく、曇りでもなく、先行き不安でも前途洋々でもないままに続いて、あの三月十一日を迎える。

その時、順子は出先から会社へ戻ろうとしていた。訪問先の会社を出て地下鉄に乗ろうとして歩道を歩き出した途端、激しい揺れに襲われた。

「地震だ」と思って立ち止まったが、揺れは収まらない——というより、「地震だ」と思った瞬間から、その揺れが明白に大きくなった。「瞬間的に収まってやり過ごせるはずのもの」と思っていたものがやり過ごせなかったので、同じ揺れが「更に大きくなった」と思えた。更に大きくなって、その揺れが都会に住む人間の耐久時間を超えても止まらなかった。その揺れは順子の体を足下から揺すぶって、胸の中に眠っている恐怖心を引き出した。

頭の中が真っ白になった。冷静なのにぐらついている。知らない間に足を踏ん張っている。「こういう時にどうしたらいいんだろう?」と考えて、どうしたらいいのかが分からない。順子のいた場所はビル街で、周りの人間は立ち止まって、不思議なことに「思案中」という表示を出したいくらいの顔をして、じっとしたまま慌てている。「自分もそうなっている」と思うことなく道路の先を見ると、当たり前だが、道路の向かい側のビルが揺れている。順子は慌てて、出て来たばかりのビルの玄関先に避難した。「上からなにかが落ちて来るかもしれない」と思ったのだ。揺れている地面の上を歩くのは不思議な感覚で、揺れていることは分かっていても、「揺れている」とは思わない。

ビルの玄関先に避難をしても、まだ揺れは止まらない。全身を耳にして揺れを感じ取れるようにして立つと、揺れが静かになるように感じた。

頑丈と思えるビルの玄関先に避難していたのは、順子だけではない。「人のする通りのことをしているから安心だろう」と、ほんのわずかの間思いかけると、また揺れが襲って来た。

そんなに長い揺れを経験したことがない。「どこかで、とんでもなくひどいことが起こっている」と直感して、しかしそれが他人事にならなかった。

「このビルが崩れたらどうしよう?」と、順子は思った。足下は頑丈そうな石のステップで、上には頑丈そうな軒がビルから突き出して、それを太い二本の柱が支えている。「上から物が落ちて来てもここなら安心だろう」と思ったが、その重い軒が崩れ落ちない保証はどこにもない。耳を澄まさなくても、建物が軋む音はするし、どこかで何かが崩れ落ちたような音もする。気が気ではない。

熄《や》まない雨が熄むのを待ち侘びるように、張り出した軒の裏側を見上げ、揺れの中で空を見上げている内に、ようやく揺れは収まった——収まったように思えたが、いつまた揺れ始めるのかが分からない不安感があった。

辺りにいる人間達のすべてが、「いつまた〝わッ!〟と言われて背中を脅かされるかもしれない」という不安感を顔に出して、そろそろと動き始めた。順子も足を踏み出して、それから、襲って来るかもしれない地震から逃げ出すつもりで、走り出した。

どこに向かおうというつもりもなかった。もう、地下鉄に乗ろうなどという気はなかった。振り返ると、後ろから「空車」のランプを点けたタクシーがやって来るのが見えた。ためらわずに手を上げ、行先を告げた。

行先は会社しかなかった。タクシーの中で「今のすごかったですねェ」と運転手に言われ、「ほんとにこわかった」と言って、止まっていた時間がようやく動き出したような安堵を感じたが、それは「避難場所に入ってほっと一息吐いた」という程度の安堵感でしかなかった。

車の中で会社の同僚に連絡しようとしたが、携帯電話が通じなかった。「地震で携帯電話が通じにくくなる」などという話を聞いたことがなかったので、順子には通じない理由が分からなかった。「自分が現在向かっているのは会社だからいいか」と思って、実家の方に電話をしてみた。「どうしたのよ?」という母親の声が聞こえるかと思ったが、これも通じなかった。

改めて「なにが起こったんだろう?」と思う。なにかがじわりじわりと近づいて来るようで、気がつくと車は渋滞に巻き込まれていた。

動かなくなった車の中で、順子はデパートの店内を思った。「客の避難誘導が大変だな」と思って、「そんなことよりあの揺れじゃ、店の中が大変なことになってるだろう」と思ったが、車は遅々として進まなかった。

動かない車の中で余震にも見舞われた。「地震ですね」と言われて、順子は運転席のシートの背にしがみついた。周りを同じような車に取り囲まれ、車の中に閉じ込められたも同然になりながら、不思議と順子は、「今度大きな揺れに襲われたらどうしよう?」とは思わなかった。

なにかに急き立てられるような息苦しさを感じながら、運転席のシートの背にしがみついた順子は、「私のせいじゃない」という不思議な自戒の言葉で、自分を落ち着かせようとした。

東京には一千万人以上の人間がいる。その数が正確にどのくらいかは知らない。一千万人という数の人間をまとめて見たこともない。でも、東京には大勢の人間がいて、それが同じ時一斉に、激しい揺れに見舞われたのだ。「恐怖心を感じたのは、自分一人ではない。どうしていいのか分からなくなったのも、自分一人ではないはずだ」と思う順子は、どういうわけか「自分のせいではない」というへんな自責の念を感じながら、人混みの中に紛れ込む安堵感を求めていた。

渋滞になった車の一台一台には人が乗っている。自分もその渋滞を成り立たせる一人だと思うと、焦る気持が少しばかり薄くなる。「焦っても仕方がないから、この人の群れの中に紛れていよう」と思うと、落ち着かない中でも安心感が生まれる。

帰る先の会社がどうなっているのかは分からない。博嗣との部屋がどうなっているのかも分からない。自分の思考範囲が明らかに狭まって、その周りをなんだか分からないパニック感が取り巻いているのだけは分かる。

やがて生まれるはずの帰宅困難者の群れはまだ現れず、つい今しがたの衝撃が嘘でもあるかのように、歩道の人影は何事もない。初老の男が歩道に立ってビルを見上げているのは、ビルの管理人か。箒とちり取りを持って店の中の掃除をしているコーヒーショップの店員もいて、そのつもりで見れば、それが衝撃の跡を伝える証人になる。

タクシーの運転手の点けるカーラジオの声が、少し逸《はや》りながら地震の凄まじさを伝えて、「津波に警戒して下さい」とだけ言って、まだ津波は現れない。「震源地は東北地方の太平洋側」とだけ言っても、そこに原子力発電所が存在することにさえ言及されず、原発事故はまだ起こっていない。

なにかが起こったのは確かで、でもそれは自分のせいじゃない。「私のせいじゃないから仕方がない」と思って人混みに紛れ込む以外、昂《たか》ぶってしまった心の落ち着かせようはなかった。

(四)

会社に戻ると、エレベーターが止まっていた。メインストリートになった階段を上って行くと、顔見知りの人間から「おぅ、大丈夫だったか?」と声を掛けられた。オフィスの中は物が散乱していたが、顔見知りの人間達の中にいることでほっとした。

ぐずぐずしていると、「電車が止まりそうだから、帰れる人間は早く帰れ」と言われた。「そう言われても、誰もいない部屋に帰りたくはないな」と思って、初めて「博嗣はどうしているんだろう?」と思った。

博嗣からの連絡はない。そして、携帯は通じない。メールも使えない。「こういう時はきっと仕事なんだろうから、帰りも遅いんだろうな」と思って、順子は帰る決心をした。

考えてみれば、それまでに恐怖感以外の実害はない。しかし階段を下りて外へ出てみて、順子は初めて「実害」にぶつかった。歩道は人の群れで、車道の渋滞は更にひどくて車は動かないし、タクシーを拾うことも出来ない。帰るために歩こうとしてロクに歩けない人の列にぶつかって、順子は会社に戻った。そして、電車はとうに止まっていることを知らされ、電車が動き出すのを会社で待つことにした。初めての非常事態だった。

オフィスのテレビニュースで、日本がどんなにひどいことになっているかを、ようやく知った。テレビは、地震と津波と原発事故のことしかやらない。そのテレビ局のどこかに博嗣はいるのだろうなと、順子は思った。

夜遅くに電車が動き出して、順子は夜中過ぎにマンションの部屋へ帰り着いた。エレベーターはまだ動いていなかったが、マンションの六階の部屋の被害はそうたいしたものではなかった。元々、物で溢れ返った部屋ではなかったが、テーブルの上の花瓶が倒れてカーペットを濡らして転がっていた。どういうわけか、キッチンの床にフライパンが転がっていた。見回したところ、順子の部屋に異変はなかったが、そう思っていると小さな余震があった。「起きていてもロクなことはない」と思って、順子はペットボトルの水を飲んで、眠ってしまった。

その夜、博嗣は帰って来なかった。次の日は土曜日で、デパートは営業していたが、販売促進部の順子は休みだった。ようやくつながった携帯の留守録に「電話して」と言って、その後に博嗣から「生きてるよ」と知らされた。土曜日も博嗣は帰らず、日曜の昼前に帰って来ると、シャワーを浴びてまた出て行った。帰って来てからまた出て行くまでの間、博嗣はほとんど口をきかなかった。

「帰って来たの？」と順子に言われると、「ああ、また行く」と言って自分の部屋に入った。「どうだったの？」と部屋の外から聞くと、「大変だった」と言って下着姿になって出て来た。元々、アナウンサー志望のくせに外状況を自分の言葉で伝えるのが苦手だった男だが、下手な突っ込みを順子から入れられる前にバスルームへ入って、ドアを閉めてしまった。

いつもとは様子が違う。バスルームの中から洩れて来る水音を聞きながら、順子はそこに「自分の知らない男」がいると思った。

その日から明らかに博嗣は変わった。順子はその変化を、「普通の男の博嗣が、体脂肪率の低い男に変わったような気がする」と思った。見た目が変わったわけではない。でもそのように感じた。

どこかピリピリしているところがある。うかつに近寄れないような気がする。それを博嗣に察知されたくないから以前と変わらないようにしているが、博嗣は順子の知っている博嗣から、知らない博嗣へと変わった——しかもそれを、自分では意識していないようだった。

局から帰って来ると、インターネットで検索した原発関係のブログ記事を読んでいる。後ろから順子が「分かるの？」と声を掛けると、振り返りもせずに「う、うん」と言う。「分からないと言うわけにはいかないだろう」という緊張感が背中にはある。

「外へ食事に行こう」と誘っても、「いやだ」とは言わないが、どこか上の空で気乗りのしない様子は歴然としている。震災直後のパニック的な物不足は収まったが、被災地の衝撃的な姿に気押された自粛ムードは辺りに広がっていて、食事に誘った順子を落ち着かなくさせる。

博嗣は「被災地に行きたい」と言う――瓦礫撤去のボランティアにではなくて、報道のスタッフとして。大震災関連番組一辺倒だったテレビ局にも通常番組が復活して、博嗣はまたしても深夜の時間帯に無意味な笑顔を見せて登場した。へんなふさぎ方をしているのでどうしたのかと聞いてみると、「見ないでくれよ」と言って、その深夜番組と仕事への不満を口にした。普段ならその怒りに同調するはずの順子が、「だってしょうがないじゃない」と宥《なだ》め役に回ったのは、下手に博嗣を刺激しない方がいいように思えたからだ。

博嗣は明らかにピリピリしていた。順子の耳には、震災の後で部屋に帰って来た博嗣の浴びていたシャワーの水音が甦る。あれは、博嗣が頼もしい男に生まれ変わろうとする水音ではなくて、一人の若者が追いつめられて行く悲しい水音だったようにも思われた。

順子は、自分でも被災地に対してなにかをしたいと思った。職場で「義援金を送らないか?」という話が出て、順子は応分の金を寄付した。それでも、街の至る所に義援金の募金箱がある。テレビ番組の最後には、必ずと言っていいほど募金への呼びかけがある。「私はもう募金をした」ではすまされない。しかし、どこまで募金をし続ければいいのかは分からない。どこかに「助けて」と呼ぶ声があるような気がする。

「募金だけでは足りない。被災地へボランティアに行った方がいいのではないか」と思って調べてみたが、順子のような女がフラッと行けるところではなかった。鉄道は通じていない。道路は寸断されている。行くのだったら、そこへ自力で行くしかない。宿泊施設がない以上、食料も自分で用意して行かなければならない。履く靴も、「長靴かもっと底の厚い靴でなければ危い」という。アウトドア人間ではない順子は、「それを乗り超えて自分が被災地へ行けるか？」と考えた。

「行けない」とは言えないような気がした——原発関係のブログ記事を読んでいた博嗣が、無言で「分からないと言うわけにはいかないだろう」と言っていたように、「〝行けない〟と言って逃げてはいけないのではないか」という気持ちが、どこかから迫って来る。

「出来ないことを無理にしようとするのは間違っている」という冷静な判断がそれでも下ったのは、博嗣の昂ぶっている様子を見て、「これを加速させるようなことをするのは危険だ」と思ったからだった。

大震災の夜を一人で過ごして以来、順子は前よりずっと多く、博嗣の体を求めるようになった。行為よりも、「そばにいるのならいることを実感させてほしい」という思いで、博嗣のベッドへ入り込んだ。

博嗣の体は少しひんやりとして、抱きついている内にじんわりと体温を伝えて来る。そのことによって、順子は安堵感を得たかった。そして、自分が癒されることだけを求めていた順子は、しばらくして自分を抱く博嗣の腕が、決してやさしくはないことを感じてしまった。

それをすることをいやがっているわけではない。ただ博嗣の腕は、定められたことをする義務感の腕だった。腕は順子を抱いていても、心は順子の方を向いていない。それに気づいて、自分を抱いている博嗣に「ねェ?」と呼びかけた時、博嗣の答える短い「うん?」と言う答に、その事実を見た。

博嗣の目は、順子の方を向いていない。順子とは反対側の部屋の壁を見ている。博嗣が見たいのは、順子の胸の内ではなくて、自分自身の胸の内だった。

博嗣の心はどこかにさまよっている。「被災地に行きたい」と言うのは本当だろう。しかしそれが叶わなくてイライラしている——その思いをじっと押し殺している。順子は、博嗣の腕に抱かれたまま、体を固くして手足を縮めた。博嗣は、「どうした?」などと言わなかった。体を縮めたままの順子は体の向きを変え、博嗣に背中を押し付けた。背中を向けても体を離そうとはしない順子に対して、博嗣はなにも言わなかった。それが寂しいと、順子は一人で思った。

(五)

その博嗣が被災地へ行った。大震災から一ヶ月の特番に、レポーターの一人として起用された。取材対象となる地域は広い。地方局のスタッフを動員しても人手が足りない。「お前も行け」と言われて、博嗣にとっては念願の被災地行きが命じられた。

順子が部屋へ戻ると、先に帰って順子を待っていた博嗣が頬を紅潮させて、「行くよ」と言った。「どこへ?」と言うまでもない。「いつ行くの?」と順子は尋ねた。「明日」と博嗣が言うので、順子は「大丈夫なの?」と言い、「準備は出来てるの?」と言った。博嗣は、「大丈夫。会社の帰りに買って来た」と言って、黄色い靴紐が目立つ頑丈そうな登山靴を順子に見せた。博嗣にとって、大震災被災地での取材は「果たさなければならない義務」で、それが実行出来る時がついに来たのだ。

順子に被災地行きを告げると、博嗣は実家の親に電話をかけて、同じ報告をした。出張の予定は三日間だった。その博嗣が帰って来て初めて口にした言葉は、「酒ある?」だった。

順子は自分なりに、博嗣を気づかっているつもりだった。メールも何回か送ったが、返って来たのは一度だけで、それも「一日延びるけど心配しなくていい」だった。ところが帰って来ると、なにも言わずに「酒ある?」だ。「どういうこと?」と順子は思った。

キッチンに立った博嗣は、「あるから出して飲め」と言われたワインの瓶とタンブラーを一緒に持って戻って来ると、またソファに腰を下ろして、ワインの栓を抜き始めた。

帰って来る博嗣に食べさせようと思って夕食の支度をしていた順子は、その場に立ったまま、博嗣のすることを見ていた。

栓を抜いて、ゴボゴボとワインらしからぬ音を立てるワインをタンブラーに注いで、ビールのように八分目まで注いだワインを三分目まで一息に飲んで、その後更に飲んで、中に二センチほどワインが残ったタンブラーをテーブルの上に置くまで、博嗣は一言も発しなかった。

リヴィングルームのソファは、そのまま部屋の角に収まるように、直角に曲がっている。それが壁から離されて、ソファの長い辺がテレビと向き合うように置かれている。博嗣はその広い部分に座っている。立ったままの順子は、博嗣から離れたソファの鉤《かぎ》の手になった背に手を掛けると、博嗣と向かい合わないようにして座った。そうして博嗣に、「黙っているな。なにか言え」と促したつもりだった。

順子が腰を下ろすと、博嗣が唐突に口を開いた。なんだかそれは、「こっちへ来るな」という威嚇のようにも思えた。

順子は、瞬間博嗣がなにを言っているのか分からなかった。博嗣は、体の中に収まったワインの量を確かめるような顔をしてから、「なにもないって、こわいんだ」と言った。言って落ち着かないらしく、一度置いたタンブラーをまた手にすると、それを握って見つめながら、「本当に、なにもないんだ」と言った。

博嗣が連れて行かれたのは、三陸沿岸の小さな漁業の町だった。何度も現地に足を運んでいたディレクターが目星をつけておいた所を、何ヶ所か回る。三日と言っても、実質はそんなにない。道路が通じはしても、まだ万全ではない。沿岸部に宿泊施設はないから、毎日内陸部から通う。

取材が一日くらい延びても不思議はない。

取材クルーを乗せた車は、土煙りが上がるだけの道を進んで行った。道の両脇には瓦礫が寄せられている。巨大な掃除機が瓦礫の中を通った跡のような道で、それが本当に「道」だったのかどうかも分からない。

丘陵地帯を越えて沿岸部に来ると、突然なにもなくなる。土煙りが上がるだけの道以外には、なにもない。そのなにもなさが異様に思えるのは、普通の荒れ地になら当然あってしかるべき木や草の緑がまったく見えないからだ。春の遅い東北の地には、まだ雑草さえも十分に芽を出してはいない。かつてあったはずの緑は、海の底から湧き上がったような黒い水に押し流されて、すべて消失してしまった。

緑を欠いたなにもなさの中に、家の土台の白いコンクリート部分だけが残されている。海水に洗われた土台は、静かな春の光に照らされて、ただ白い。

車を降りた博嗣は、ディレクターから場所の概略を説明されて、「レポートをしろ」と言われて歩かされた。

歩き出そうとして博嗣は、地面が傾いているように感じた。明らかに気のせいなのだが、辺りは、博嗣の平衡感覚を失わせるようになにもない。なにもないところをカメラに向かって後ろ向きに歩くと、背後からなにかが近づいてくるような気がする。振り返ってもなにもない。穏やかになにもない空間の広大さがのしかかって来るような気がして、博嗣はようやく、その空間に音がないことに気づいた。

シーンとして音がない。無音がすべてを吸い取るようで、響いて来るものがなにもない。音がないということを意識しながら歩くのはこわいのだということを、博嗣は初めて知った。そこは被災地である前に異世界なのだ。

目の前にはなにもない。音もない。なにもない先に、日の光を受けて輝く海がある。風が吹いているのかもしれないが、風の音は聞こえない。無音の世界に音が吸い込まれているようだ。視線を左右に動かしてもなにもない。なにもない先に、入り組んだ湾の対岸を作る緑の丘陵が見える。その緑までの距離感がつかめない。振り返っても、なにもない。三六〇度、視界を遮るようなものがないまま、広大ななにかがただ広がっている。

そこに町があったということ自体が想像出来ない。そこは、津波の被害に遭った場所というよりは、新しく開かれた造成地のようだった。拍子抜けするくらいになにもなく、音もなくて、日の光の下で「真新しさ」をアピールしているようにさえ見える。津波に押し流されず、廃墟となって残ったままの建物の残骸さえない。なにもない真新しさの下から、かつての生活の残骸が顔を覗かせる。

瓦礫の中に、人工的な赤いプラスチックの色が見える。なにかと思うと、赤い手鏡だった。一度は泥水にまみれて、それでもまだ紙であることをそのままにしたカレンダーの端が瓦礫の中から覗いている。生きた人の使っていた物の痕跡は、博嗣の胸に襲いかかって、恐怖の悲鳴を上げさせそうになる。なにもないその場所からは、うっかりすると、かつてあったものの残像が立ち上がろうとするのだ。

なにもない場所のなにもなさを際立たせるために、博嗣は一人でカメラの前を歩かされる。「こわい」などと言ってはいられない。それが自分にとっての初めての仕事でもあるかのように、博嗣は緊張してカメラの前を歩いた。

なにもない土地に立って佇む人にマイクも向けた。初めはそれがこわかった。傍観者であるような自分がマイクを向けて、向けられた人は博嗣を許すのかと思った。

しかし、人は人だった。すべてを失った人は、穏やかにマイクに向けて語り、カメラにもその顔を向けた。そのような映像は、既にテレビで観たことがある。しかし、映像と向き合うことと、現実と向き合うのはまた別だった。

穏やかな人とのインタヴューを終えて頭を下げると、博嗣の中に言いようのない情けなさがこみ上げて来る。「自分はここにいる。義務があって、任務があってここにいる」——そのようには思うが、一方で「それがなんになる！」という、すべてを打ち消してしまいたい衝動が湧き上がる。

取材を続ける内、博嗣は軽い躁《そう》状態になった。一人で黙り込んでしまうのがこわい。ディレクターやカメラ、音声、照明の取材スタッフと一緒になって、ずっと喋り続けた。内陸の宿へ入って酒を飲んで、やはりまだ喋り続けた。笑いさえもした。取材内容をスタッフに確認するように話しかけ、人の話し声を聞き漏らさなかった。一人になるのがこわかった。「独り」を自覚すると、なにかに吸い込まれそうになる。

その博嗣の胸の中の堰《せき》が、三日目になって決壊した。

日の当たる昼前の時で、小さな町の住人達の避難所となっている町営の集会所が、高台に立っていた。住人の圧倒的多数は高齢者で、集会所の台所では、博嗣の母親よりもずっと年上の女達が集まって、瓦礫の整理に出た男達のために昼食の握り飯作りをしていた。

「みんな、陽気に笑ってるんだよ」と、博嗣はその時のことを順子に語った。

㈥

「笑ってるんだよ。いいか?」と博嗣は言った。

「みんな、なくしたんだよ。家もなにも、みんななくしたんだよ。家族だってなくしたんだよ。みんな年寄りなんだよ。みんな、俺のオフクロなんかよりは年寄りなんだよ。復興なんか出来るわけないいんだよ! でも、みんな笑ってるんだよ。笑って、ジーさんのための握り飯作ってるんだよ。〝あんたらも腹減るだろう〟って、俺達の分も作ってるんだよ。家もなにもかも、みんななくしてるんだぜ」

「復興なんか出来るわけないって、言い過ぎじゃない？　そんなこと言っていいの？」と順子が言うと、「きれいごと言うなよ！」と言って、またワインを呷《あお》った。タンブラーにワインを注ぎ足して、また飲んだ。タンブラーを置いて、また口を開いた。

「俺は言ったんだ。〝どうしてそんなに平気なんですか？　どうしてそんなに強いんですか〟って。そうしたら、〝泣いてていいことなんかないだろう〟って言うんだ。〝この人なんか、ジーちゃん流されて、隣り町の娘夫婦だって波にさらわれた〟って、隣りの人を指して、平気で言うんだ。それから〝あたしもだけどさ〟って。そうしたら、指されたバーさんが、〝泣いていいことあったら泣くよ〟って言って、それでまたみんなが笑うんだ——明るい声でさ」

そう言うと博嗣は頭をのけぞらせ、ソファの背に体を凭《もた》せて天井を見上げたまま泣いた。両目から涙を溢れさせ、両手で目を覆って泣いた。

博嗣は、その集会所の台所でも泣いた。「どうしてそんなに強いんですか」と言ったら、その瞬間、制しようがなく涙が溢れた。博嗣は回っているテレビカメラの前で泣き出した。その博嗣の前で、女達は、「泣いていいことあったら泣くよ」と言った。そして、「あたし達が泣かないのに、あんたが泣いてどうすんの」と、泣き出してしまった博嗣を励ました。博嗣は、「すいません」以外になにも言えなかった。

博嗣は、「泣いてバーさん達に励まされたよ」とは、順子に言えなかった。順子の前で醜態を見せたくはなかったが、話す内、集会所の光景を思い出して、泣くのを止められなかった。

「大変だったね」と、順子が慰めるつもりで言った。博嗣は、ソファの背に預けた頭を起こすと、涙で濡れたままの目を順子に向けて、「よくそんなことが言えるよな！」と言った。それは明らかに八つ当たりだった。

博嗣は指先で涙を拭うと座り直して、「君はここでなんにもしないでいて、よくも他人事みたいにして、〝大変だった〟なんて言うよ！」と言った。そしてその口で、言わずにおいたことを話してしまった。

「僕は、避難所で泣いちゃったんだよ。バーさん達の前で。そうしたら、〝あんたが泣いてどうすんの〟って、バーさん達は言うんだ。なにもかもなくしたのに、そのことはなんにも言わずに、東京からやって来た役立たずの僕のことを、励ましてくれるんだ」──そう言って、また目から涙を溢れさせた。

「それじゃ、なに──」と、順子は言った。

「私があんたを励ましちゃいけないってわけ？」

博嗣は、順子を睨みつけるようにして「そうだよ！」と言った。

「子供じゃん」と、順子は言った。

「あんたの言うこと聞いてるとさ、ここで当たり前に生きてる私って、どうしようもない生き物みたいになるよね」

「そうじゃないか！」

「本気でそんなこと言ってんの！　どこでなにして来たか知らないけど、八つ当たりなんかしないでよね！」と言う順子に対して、「八つ当たりなんかしてない」と博嗣は言った。そして、「君は被災地の人のことなんか、なにも分かってないじゃないか」と言った。

「義援金送ったとか、ボランティアに行こうかなとか、そんなの免罪符じゃないか！」とさえ、博嗣は言った。

博嗣の言うことに突き刺さって来るものはあるにしろ、明らかに博嗣の言うことはおかしい。「じゃ、なんなの？　なにが言いたいの？　あんたの言うこと聞いてるとさ、私が津波の被害に遭わなかったことがおかしいみたいじゃない。津波の被害に遭わなかった人間が、なにかを言っちゃいけないみたいじゃないよ！」

順子が言うと、博嗣は、「そうだよ！」と言った。

順子はあきれて、博嗣を見た。博嗣も順子を見返した。二人の根比べが始まった。博嗣に向かってなにかを言っても無駄と思う順子は、博嗣と向き合って変化が訪れるのを待った。

やがて博嗣が目を伏せた。その目からまた大粒の涙がこぼれた。そして、「こわいんだ」と小さく洩らした。

「バーさん達はさ、俺のこと励まして、〝あんたが来てくれたおかげで、あたし達だってなんでも喋れるんじゃないか〟って言ったんだ。〝喋る相手がいなかったら、気が滅入ってどうしようもなくなる〟って言った。〝外から来てくれた人に話せるから、あたし達だって救われるんだ〟

って言ったんだ。なんにも出来ない俺に向かってさ——」

それを言った博嗣は、明らかに順子の言葉を待っていた。

「それが言いたかったの？」と順子が言うと、しばらく考えているような様子を見せて、それからコクンとうなずいた。

「分かったからさ、ご飯食べよう」と、順子は言った。

「そんなに、自分を責める必要ないよ。お腹空いちゃったからご飯食べよう。今、作りかけなんだ。待ってて」と言って、順子はソファから立った。

十五分後、出来上がったパスタの皿を持って現れた時、ソファの上の博嗣はおとなしく眠っていた。

渦巻

㈠

庭の花壇の隅に、小さなはこべが顔を出していた。背は低いのに、もう小さな花をつけている。「この間、抜いたばかりなのに」と思って、昌子はそれを引き抜いた。そのままにしておいてもたいした害になるわけでもないのに。

昌子は自分の抜き取ったものの名前を知らない。「庭に生える雑草の一種」とだけ思って、見つけ次第に引き抜いてしまう。庭に生えて来る雑草の中で昌子が名を知るのは、ペンペン草だけだ。庭の雑草の中にペンペン草が生えているのを見つけると、「あ、ペンペン草——」と思う。思うだけで、白い雪のような花をつけて今にも踊り出しそうになっている細くてひょろ長い草を、すぐに引き抜いてしまう。でも「はこべ」の名は知らない。

花壇の境を作るレンガの脇に、他の雑草達と一緒になって顔を出す。顔を出した時は明らかに「雑草」だが、放っておくと十センチほどの丈になって、小さいは小さいなりに「花の咲く植物」のようにも思える——そう見えたこともある。雑草のくせに、あまり雑草らしくない。一人立ちのペンペン草とは違って何本もの茎を出し、葉をつけ白い小さな花を咲かせる。葉も茎も柔らかそうな黄緑色で、抜こうとするとスッと抜ける。雑草に特有の土への執着があまり感じられない。一度うっかり目を離していたら、庭の隅で二十センチほどの丈になってフワッと広がり、サラダに入れてもおかしくない野草の株のようになっていた。まだ小学生だった娘に「食べられるかな?」と言ったら、「そんなわけないでしょ」と言われた——もうずっと昔のことではあるが。

その頃は、春の光がやさしかった。だから、名も知らない雑草が春の日にふさわしいもののように思えた。花壇には色とりどりの花が咲いているのに、小さな白い花をつけた雑草を、「これはなんだろう?」と思って見ていたりもした。なんだか、知っているもののような気がした。しかし、昌子の育った生家には、光の降り注ぐ庭がなかった。外の道路との境を板塀で仕切られて、広くもない庭がその陰になっていた。

記憶の中にそれは見当たらなかった。「なにかの勘違いかもしれない」と思って、庭に生えたその草を抜き取って、そのままぼんやりとしていた。目の前にはまだ雑草が生えていて、しゃがみ込んだ昌子の背中には暖かい春の日が当たっていた。伸び盛りの子供がいてなにかと忙しかったはずなのに、その頃もまた庭で草むしりをしながらぼんやりとしていた。忙しいことを「充実している」とも思わなかった。ぼんやりしていることを「余裕」とも思わなかった。

育ち盛りの子供がいると、家の中がちらかる。子供の成長に合わせて、家の中に「雑然」というものが生え広がって行くようにも思えた。朝になると、「お母さーん、あれどこやった？」と言う娘の声が家の中に響く。「〝あれ〟ってなによ？」と答えて、学校へ行く前の娘と小ぜり合いを繰り返す。学校へ行った娘の部屋は、朝から服が脱ぎ散らかされて、それを見るたびに「どうしたもんだろう？」と思った。

娘への「片付けなさいよ！」は口癖のように繰り返されたが、それを言いながらも昌子は、当たり前のように娘の部屋を片付けて、掃除をし、洗濯をしていた。それをしないと、草むしりを怠った庭のように、なにかが家の中に繁茂してしまう。「片付けようとして片付けきれない」という思いが、昌子の心を慌しくさせていた——それが嫌いではないのだが、なんだか落ち着かない。「落ち着かない」ということが当たり前になっていて、すべてを整然とさせるということを、どこかであきらめていた。

その娘が結婚して、家の中はもう片付いている。家の中を雑然とさせる者がいなくなって、家の中はしんとしている。生きて、生えて来るのは、庭の雑草くらいだ。家の中に若い人間がいないと、家の中に空洞が出来たような気がする。

就職をした娘が「部屋を借りて一人暮らしをしたい」と言った時に、夫はなんだかわけの分からない表情を見せていた。夫は娘を叱ったことがない。それを見越して娘は、「ねェ、だめ？」と言う。「通うの大変なんだもの」と言って、疲れた表情を見せる。

夫が娘を手放したくないことくらいはすぐに分かる。夫は判断を放棄して、すべてを妻に委ねようとした。下手なことを言って、娘に嫌われたくはないのだ。

「君はどうなんだ？」と、普段は「おい」や「お前」で片付けているのを、妙に他人行儀な呼び方で昌子に尋ねた。

「だって、したいって言ってるんだからしょうがないでしょう」と昌子が言うと、娘は「サンキュー」と言ってあっさり席を立った。

誰かが明確なジャッジをしたわけではない。仕方がないものがやって来たから、「仕方がない」と言う。学齢に達した子供が学校へ行くように、子供が「一人暮らしをしたい」という時期がやって来た。娘が一人暮らしをしなければいけない明確な理由があるのかどうかは分からない。しかし娘は「一人暮らしをしたい」と言う。娘ももう二十五歳を過ぎて「働く女」になっている。帰りも遅い。「通うのが大変だ」と言う娘が一人暮らしをして、もっと大変になるのではないかと思うが、その娘が「一人暮らしをしたい」と言う以上、「仕方がないんだろうな」と思うしかない。

その夜、寝室で布団に入った夫が暗い中で「なァ――」と言った。昌子が「なによ？」と言うと、しばらくの沈黙があってから、「いや――」と言った。それきり夫は黙った。昌子は黙って

「なによ」と思った。

夫は踏ん切りが悪い。あきらめが悪い。娘がいなくなることを考えるよりも、そのことを思った。他人に感情を先取りされてしまえば、冷静になるしかない。

そうして娘は出て行った。一人暮らしの部屋から嫁に行った。一人暮らしをする娘になら、電話のたびに「たまには帰って来なさいよ」と言うことが出来る。結婚した娘にそれを言うことは出来ない。娘が家を出て行くことを許して、家の中に「寂寥」という翳《かげ》が生まれたように思った。それを一時的なものと思っていたが、既に娘は姓を違える他人の妻になっている。嘆くべき理由はない。ただ、なにかの拍子に「ふーっ」と大きな息が漏れる。


昌子は、引き抜いた丈短《たけみじか》のはこべを、植物の干物にするように、日の当たる花壇のレンガの上へ置いて家の中に入った。庭の土は黒く、雑草の緑は見当たらない。

家の中は暗い。外の明るい光が、自分の周りを後光のように包んでいるのが分かった。昌子はふっと、自分の母親を思った。

昌子には二人の兄がいて、上の兄は六歳年上、下の兄は四歳年上だった。兄達二人は、よく連れ立って外へ遊びに行った。上の兄が外に出て行くと、それを追い駆けるように下の兄も外へ行く。その二人に向かって、母親は「昌子も連れてってやりなさいよ」と叫んだ。その言葉を合図にするように、昌子も「待ってェ」と言って外へ駆け出したが、小学校六年生と四年生の兄の足に、小学校入学前の昌子の足はかなわなかった。兄達もまた、ずっと年下の妹の相手をするのを煩わしがった。

兄達の姿を見失った昌子が家へ戻ってくると、障子の閉《た》てられた部屋の中に母親が座っていた。そこだけは日の当たる縁側に這い上って「お母さん」と声をかけながら障子を開けると、部屋の中は暗かった。そこに母親の座っている姿があった。

(二)

昌子は特徴のない女だった。結婚してからは専業主婦で、結婚前はOLだった。結婚を夢見るOLではなく、仕事に生き甲斐を見出すOLでもなく、結婚と仕事の両立を目指すOLでもなかった。

短大を出て就職し、いずれ結婚の寿退社をするものと思っていた。未来を疑うでもなく、信じるでもなく、「未来」という言葉自体が「社会」に掛かるもので、自分とは関係のないものと思っていた。信じるも信じないもなく、明日というものは順当にやって来る。そこで自分が面倒なことを考える必要があるだろうかと、考えるのならそのように考えはしたが、必要のないことを考える必要を感じたことなどなかった。

勉強が嫌いだったわけでもなく、勉強が好きだというわけでもなかった。高校と短大の入試の前に、「自分は不似合いなことをしている」と思いながら、面倒な受験勉強をしていた。「人生に必要な面倒な義務」というのは、それで終わったと思っていた。

その後の毎日は順当にやって来た。疑う理由はない。特別に高望みをする必要もない。昌子を含む日本人全体を載せた「社会」というものが、ふんわりとした上昇を続けていた。格別になにかを望む必要もないし、疑う理由もなかった。しばらく待てば、手に入るかどうかは別として、望むものは向こうからやって来た。そんな時代だった。昌子が特徴のない女だとしても、それで咎《とが》められるようなことはなかった。特徴のない昌子は、平均的なあり方をする女で、一般的なあり方をする女だった。さしたる特徴がなくても、若い女はそれだけで輝いていた。

だから昌子は、自分を疑ったことがない。なぜそんなことをする必要があるのだろう。「当たり前である」ということは、十分に人に誇れる美質だった。

昌子が育った時代を、人は「高度成長期」と言った。戦争の後の廃墟から、目覚ましいスピードで奇跡のような復興を遂げた時代——そうなのだと言われれば、そうなのだろうと思った。しかし昌子に時代の性格付けなど分からない。戦争の焼け跡など見たこともないし、「日本に戦争があった」などということを思わせるようなものも、見たことがない。幼い頃に、人と話をしている母親が「あの頃は大変だったわよねェ」と言っているのをそばで聞いて、「なにが?」と尋ねたことがある。母親は、「戦争があったのよ」と言った。「焼夷弾が落ちて、本当に大変だったのよ」と言った。「ショーイダンてなァに?」と、昌子はまた尋ねた。「奇跡的な復興」と言うのなら、きっとそうだったのだろう。しかし昌子は、自分が特別に「奇跡的」であるような時代に育ったとは思わなかった。自分の成長に合わせて時代の方も順調に進み、順当に花開いて行ったのだろうと思いはした。そんなことをいつ思ったのかと言えば、昭和が終わり二十世紀が終わって、過去を振り返るテレビから「高度成長」という言葉が当たり前に聞こえて来る内に、そんな風に思った。

「高度成長」というと、まるで高速度撮影をされた筍が地面からニョッキリと生えて来るように、高層ビルがあっと言う間に生えて来る時代のようにも思えた。実際にテレビからは、そのように加工された映像が流れて来て、ラッシュアワーの駅の階段を大勢の人が下りる画質の粗い白黒映像も流れて来た。それを見て昌子は、「懐しい」と思わなかった。自分の生きた時代が白黒映像で映し出されることに違和感を感じた。画質が劣化して褪色《たいしょく》しかかった大阪万博の映像を見て、「ああ、行ったんだ――」とは思いながら、どこか他人事で、心を躍らせるようなものを感じなかった。人で賑わう大阪万博の映像を見ながら、高校の友達と一緒に行った銀座の歩行者天国の賑わいを、ふっと思い出した。

大阪の万博には家族で行った。両親と二人の兄と一緒に。確か夏休みだった。人が多くて窮屈だった。行きはしたが、その体験が家族の間で語り種になることもなかった。家族というものは、静かでおとなしいものだった。だから、大学生になった上の兄が父親と口論めいたことを始めて、高校生だった下の兄も上の兄に加勢し始めたのを見て驚いた。知らない間になにかが起こって、兄達が豹変したようになって怒鳴っているのを見て、こわくなった。母は黙って台所に去り、黙って流し周りを拭いていた。母がなにかを知っているのかと思って「どうしたの?」と聞いたが、母親は黙ってなにも言わなかった。

そんな家族だから、連れ立って万博会場へ行き、ギューギュー詰めの人込みの中に一緒にいても、面白くなかったのかもしれない。銀座の歩行者天国へ初めて行ったのは、万博とそれほど違わない時期だったはずなのに、時系列が違うような気がして、思い出すだけで懐しかった。クラスメイトの男子三人と女子二人で行って、晴れ晴れとした解放感を感じた。

男子生徒が一緒にいたことだけは覚えていて、それが誰だったかは覚えていない。「憧れの人」でないことだけは確かだった。歩行者天国はその内に当たり前になってなんとも思わなくなったが、初めて見た銀座の歩行者天国は、高校生の女の子にとって、感動的だった。ただビルの間の車道を人が歩いているだけなのに空が晴れ晴れと広く、「銀座ってきれいなんだな」と、辺りを見回して思った。

昌子が生まれ育ったのは、さして特徴のない、木造住宅の建て込んだ、東京のどこにでもある住宅地の家だった。木造平屋建ての家に、両親と二人の兄、それと昌子が中学生までの間、父方の祖父もいた。東京はまだ格別にオシャレな場所でもなく、ローカルな日本の都市とそう変わらない「人の住む町」だった。「人の住む町」の占める割合が大きい分だけ、都市としての特徴も曖昧だった。東京はただ東京で、なんの特徴もなく格別の不便もなかった。どこかで「奇跡の変貌」は遂げられつつあったのかもしれないが、それは子供の知る世界の外側で起きるようなことだった。

子供だった昌子にとって、東京は「自分の住む家のある町」で、それ以上のものである必要がなかった。その町は、昌子の成長の時間軸に沿って変貌して行ったのかもしれないが、昌子はそのように思わなかった。幼なかった自分が成長して、足を踏み出して行くたびに、新しい領域が見えて来るのだと思った。地元の中学を卒業し、高校へ電車通学をするようになってから、そう思った。

朝の通学のラッシュアワーの混雑はひどかったが、自分も父や兄達がしているのと同じように、その時間に通学の電車に乗っていることに気がついて、「大人になった」と思った。一人でどこかへ行けること、行動半径を広げられることが「大人」なのだと思った。大人の領域に足を踏み入れて、東京の町が昌子の成長に合わせて、順調な開花をし始めてくれているように感じた。

町は新しく穏やかだった。小学生や中学生の頃に感じていたいがらっぽさが町から消えて、凪《なぎ》の海を行くように穏やかだった。就職した上の兄や、大学生になった下の兄が、父親と口論めいた口をきくことはなくなっていた。口論はしないが、どこかよそよそしい態度で父親と接していた——というよりも、父親から距離を置いていた。昌子にはそれが、大人になった兄達が見せる当たり前の表情のように思われた。

気がつけば広くもない家の中に、大の男が三人もいた。食事の時はせせこましい。畳の部屋にテーブルを置いて、男三人と昌子と母親の女二人が食事を摂る。会話はあまりない。それでも不思議なもので、夕食の席に帰りの遅くなった兄達の姿が見えないと寂しくなる。先に食卓に着いている父に、兄達のことを「どうしたの？」と尋ねると、かすかに首を傾けたまま黙っている。就職して社会人になっていた上の兄は、当たり前のように夕食の席に遅れる。大学生になっていた下の兄も、それを見習うように遅れて帰って来る。いつの間にか昌子は、兄達のいる夜の町を思うようになった。

兄達との仲は悪くない。しかし年の近い二人の兄は、年の離れた妹を子供扱いして、ふざけた口しかきいてくれない。その兄達がいつの間にか大人になって、それが自分の特権であるかのような顔をして、母の作った夕食を遅れて食べている。小さな会計事務所に勤めていた父は、そのそばで黙ってテレビを見ていた。二人の息子を大学に入れた父親には、家を建て直すような余裕はない。狭い家の中に大人になった兄達がいて、高校生になった昌子ももう子供ではない。「子供ではない」という事実を実感する前に、「今までとはなにかが違う」という思いが昌子には訪れて、それをどのように処理すればいいのかが分からない。子供達がさっさと親の家を離れて独立したがるような時代には、まだなっていなかった。職場も学校も身近にある東京では、それを考える必要がなかった。

「早く兄さんも独立すればいいのに」と、昌子は考えなかった。「私はこの家を出て一人暮らしをしたい」という選択肢も、なかった。ずっと後に自分の娘が成長して「一人暮らしを始めたい」と言い出した時、昌子はやっと「自分にはそんな選択肢はなかった」と気づいた。

当たり前に過ぎて行く時は、ただ当たり前に過ぎて行って、通り過ぎた後で「あ——」と気づく。気づくだけで、手を伸ばしても、伸ばした手が届くことはない。

テレビや新聞が日本人の生きた時代を振り返って「高度成長の時代」と言っても、その時代を生きた昌子にはたいした実感がない。家の中にいる子供は、時たまでしか外の変化を実感出来ない。そして、高校を卒業し短大に入ってしまうと、もう昌子には、自分のあり方を外部と連動させる年代記風の記憶が必要ではなくなっていた。「自分なりの生き方」を始めた彼女は、自身の内に時間を刻み始めて、そのことによって社会的関心を薄くして行った。

㈢

過去を振り返っても漠としている。特別に過去を振り返ろうとしているわけでもないのに、テレビから過去の映像が流れて来て、その当時を自分の中でも思い出そうとして、なにも出て来ない。なんとも漠として、「その当時」がよく分からない——自分もその時にどこかでなにかをしていたはずなのに、それが明確に思い出せない。子供が生まれてからは一々が明確にもなるのだが、短大に入って結婚するまでの間が茫漠としている。「なぜこんなにぼんやりしているんだろう?」と思って、漠とした過去を振り返る。振り返りようのないものがそこにあるのを知って、振り返りたくもないのに、つい振り返る。そしてふっと、暗い部屋の中に一人で座っていた母の姿を思い出す。

縁側に這い上って障子に手を掛けて開けると、古い卓袱台《ちゃぶだい》の前に座った母親は、編機《あみき》を動かしていた。障子を開ける前からザッ、ザッという編機を動かす音がしていたから、母親が部屋にいることは分かった。母親は編機で近所の人のセーターを編んで、内職にしていた。

母親の仕事は丁寧だった。母親の編んでくれたセーターを着るのは嬉しかった――兄達はそうでもなかったみたいだが。

座敷に上がってそばに座り、「お母さん」と言うと、「なァに?」と答える。答えてそのまま、編機のレバーを動かしている。編機の上についているレバーを左右に動かすと、「ザッ」という音がして、セーターの一段が編み上がる(らしい)。そばで見ている昌子にその変化は分からない。部屋の隅にはテレビがある。昼の間、テレビは放送を休んでいる。テレビのスイッチを入れても怒られる。他に見るものはなにもないから、母親の手許を見ている。すると、奥の部屋にいる祖父の「おーい」と呼ぶ声がする。

母親は編機のレバーを動かす手を止めずに、「はーい!」と言う。そのまま動きを止めず、「おじいちゃんの用事聞いて来て」と、昌子に言う。退職した祖父は家にいて、健康だったはずだが、普段はなにをしていたのかは知らない。おじいちゃんはおじいちゃんだった。ただ家にいて、たまに庭で自分が植えたものの手入れをしていた。それ以外はなにもしない。母親がその祖父の身の周りの世話をしていた。母親の姑に当たる祖母がいたはずだが、昌子には記憶がない。祖母は既に死んでいたから。

その母親は、二十世紀が終わる頃に死んだ。昌子は、その四十九日の法要の席で、いたはずの祖母のことを尋ねた。

母親は、七十七歳の喜寿の年に、八十二歳の夫を残して死んだ。昌子の父親は祖父と同じ立場になったのだが、誰の世話にもならず、その年で一人暮らしを続けていた。昌子はふっと、いたはずの自分の祖母を思った。

「ねェお兄さん、おばあちゃんのこと覚えてる?」と言うと、もう五十を過ぎた上の兄は「ああ」と言った。それだけでなにもない。「お兄ちゃんは?」と下の兄に聞くと、「いたことは覚えてる——とは思うけど、よく分かんないな」と言った。

「お前は?」と、下の兄は昌子に尋ねる。

「私は覚えてないもの。仏壇の写真でしか知らない」と言うと、高校生になっていた娘の里恵《りえ》が、

「おばあちゃんていたの?」と言った。

「ばあさんが死んだのは、お前の生まれた年かそこいらだったから、覚えてないんだろう」と上

の兄は言って、「ばあちゃんてどんな人だったの?」と父親に尋ねた。「兄さんも覚えてないの?」と言うと、「いたのは覚えてんだけどなァ、病院に入ってたのかなァ」と、上の兄は言った。

自分の母親のことを尋ねられた父親は、「六十二だな。六十二で死んだ」と言った。まだ惚《ぼ》けてはいないはずだが、それ以上のことは言わなかった。人は死んで、いつの間にか数字で語られるだけの存在になるのかもしれない。

昌子は、死んだ母親がなにを考えていたのかと思った。暗い部屋の中で内職の編機を動かして、なにをするでもない祖父の面倒を見ていた。「お母さん、それで幸福なの?」などという生意気なことを、子供だった昌子が聞いたこともなかった。結婚した息子達が独立しても、相変わらずの古い家に夫と二人で住んで、格別に文句を言うこともなかった。文句を言うべき息子の妻達は、別のところで暮らしていたから。

昌子が二十二の年に、上の兄は結婚した。その結婚を機会に家の改築も考えられたが、見送りになった。「どうして?」と母親に尋ねると、「滝子《たきこ》さんがいやなんだって——」と、母親は声をひそめて答えた。

兄の妻となる女が、夫の両親との同居を拒んでいる。「無理もない話だ」と昌子は思った。夫となる男の家には、両親とまだ結婚前の弟と妹までいる。「そんなゴタゴタした家に入りたくない」と言われてしまえば、「そうだろうな」と思う。思うがしかし、「滝子さんがね——」と母の声をひそめさせる兄の結婚相手を、素直に好きになることも出来ない。上の兄の妻になる女は、自分達一家の中に入り込んで来る初めての他人なのだ。「彼女が同居をいやがってくれて、かえってよかった」と、二十二歳の昌子はひそかに思った。友達なら自分で選ぶことが出来るが、「兄の妻」を選ぶことは出来ない。

好きでも嫌いでもなく、兄の妻となった女は兄の妻としてそこにいる。たまに顔を合わせて、それだけで嫌いになる理由もない。好きになる理由もない。会社勤めをするＯＬになっていた昌子は、他人と付き合う術を知っていた。意味もなく近寄る必要はない。そして、相手に嫌悪されないような表情を見せればいい——昌子はそのように思っていたが、母親はまた違っていた。

上の兄の結婚が決まった頃から、母親はそれ以前に見せたことのない表情を見せるようになっていた。初めは「兄さんの結婚相手が気に入らないのだろう」と思っていたが、「なぜ気に入らないのか」という理由が見当たらなかった。兄の結婚相手になった滝子は、そう悪い女でもいやな女でもない。「兄さんはこういう人と結婚するのか」と思って、それだけだった。「嫌い」と言えば、昌子より一年早く結婚した下の兄、継夫《つぐお》の妻の方が嫌いだった。

見るからに気の強そうな顔をして、さして年の違わない昌子を値踏みするような目付きで見る。四年制大学を出ているのが自慢らしく、夫の継夫に対しても命令口調でものを言う。「どう思うお母さん？　あの人——」と同意を求めるようにして言うと、意外なことに母親は、「仕方がないだろう。継夫はああいう人が好きなんだし」と言った。明らかに次男の嫁は「どうでもいい」

のだ。

上の兄、昌太郎の妻の滝子は、美人というわけではない。特徴のない「普通の顔」をしている。それを言うのなら昌子も似たような顔で、陰で「一家との同居はいやだ」と言ったにしろ、滝子はさしてきつい口をきかない。凡庸な口ききで、それが母親には気に入らないらしいが、長男の嫁の悪口を聞いているとドキッとする。自分の母親がそんな風に、他人のあら探しをするとは思えなかった。「どこにこんないやな性格が隠れていたのだろう」と思って、昌子はあることに気がついた。長男の嫁が気に入らない母親は、長男に対して特別な感情を持っているのだ。どうもそうらしいと昌子は思って、それが不思議だった。

昌子はそれまで、母親の中に「愛情」というような強い感情が隠れているとは思わなかった。誰に対しても優しく穏やかで、分け隔てをするような人とは思えなかった。三人の兄妹の中で誰を特別に可愛がるのでもなく、それをするのなら、末娘の自分に対してだと、昌子は思っていた。上の兄に対してはなにかと口やかましくて、兄を特別に可愛がっているようには思えなかった。それを言うなら、「可愛がる」という愛情表現とは無縁のような人だった——昌子に対しては、きつい人ではなかったが。

いつだったか、「やっと生まれた女の子だったからねェ」と言った。それが愛情表現で、それを言ってもらえることが嬉しかった。しかしその下に、もっと強い感情が隠されているとは思わなかった。母親はなに食わぬ顔をして、自分の産んだ長男を特別に愛しているのだ。

昌子はそれをショックだとは思わなかった。母親の中に「熱い感情」が眠っていることを知って、なにかの同意を得たように思った。

下の兄が結婚した時、昌子は二十五歳だった。まだ決まった結婚相手がいなかった。「いずれは結婚をすることになる」と思って短大を卒業し、就職をしてから五年がたった。「いずれ——」と思って漫然と過ごし、その間に交際相手がいなかったわけではないが、昌子が若い間は、また相手の男の方も若かった。結婚ということには至らず、卒業から四年が過ぎて、五年目に入った時は苛々し始めていた。自分の中に、ままにならぬ「熱い感情」が生まれてしまっているのが自覚出来た。だから、母親の「熱い感情」も理解出来て、受け入れられた。

母と娘はしばらくの間、それぞれに原因の違う苛立ちを持ち合わせていたが、その内に長男の嫁が初孫を産んだ。妊娠の段階ではとやかく言っていた母親が、男の孫が生まれた後では、なにも言わなくなった。嫁の悪口を言うより、孫を可愛がることの方がずっと忙しくなった。それまでは滅多にしなかったのに、長男夫婦の住む所へ、孫の顔を見に出掛けて行くようになった。

同じ頃、昌子の方も同期入社の男から結婚を申し込まれていた。同期入社だが、四年制大学を出ている男なので、昌子よりは二歳年上だった。

「自分がなにかから取り残されて行く」というのが、昌子の最大の不安で、苛立ちの因《もと》だった。それまで一度も、なにかから取り残されたことがない。そうならないように、高望みはしないで来た。それで格別の不満がなかった。ところが二十五を過ぎて、いわれのない不安がやって来た。

自分一人ではどうにもならない。誰かに「なんとかしてくれ」と言うわけにもいかない。「これは自分でなんとか出来るはずの問題で、深刻に不安がったりする必要のない問題だ」という自負心があって、不安を口に出せなかった。そしてそのことが、彼女の苛立ちを強めた。その内に、結婚を申し込む相手が現れた。満開の桜が瞬時に散って、その後から初夏の新緑が顔を出したようだ。なんの心配もなかった。

長男が結婚して独立し、次男も同じようにして家を出た後で、末の娘が結婚して家を出て行くのには、なんの不思議もない。両親だけが実家に残されることを思った昌子は、結婚相手の男に「お父さん達どうするのかなァ」と、ひとりごとのようにして言った。夫となる男の中澤は地方出身者で、既に故郷の両親は夫婦とその老親だけで暮らしていた。

昌子が「どうするのかなァ」と言うのを聞いて、結婚相手の男は「どうするの？」と言った。聞き返されて、昌子には答えようがない。「大丈夫だと思うけどね」と言った。

豊かな時代に生きるようになっていた二人は、「自分達の生き方を考えるのに手一杯で、他人のことを考える余裕がない」とは思わなかった。そういう考え方があるとも思わなかった。

中澤と別れて家に帰った昌子は、一人でテレビを見ていた父親の前に座って、「お父さん」と言った。父親一人では不安なので、首を伸ばして台所にいる母親を呼んだ。

「お母さん」と呼ばれた母親は、エプロンで手を拭きながら「なァに？」と言って出て来ると、すぐに気配を察し、エプロンをはずして座った。

母親は背筋を伸ばしている。父親も吸いかけの煙草を灰皿に置いて、わずかばかり背筋を伸ばした。テーブルの上から紫煙が上がって、母親は夫に「煙草消しなさいよ」と言った。父親は煙草の火を消して、母親は「テレビも――」と言った。父親は手を伸ばしてテレビを消し、母親はその間、座っている体をわずかばかり寛《くつろ》げた。

父と母は、黙って娘を見ている。昌子は、「私が結婚して、お父さんとお母さんが二人きりになっても大丈夫?」と言った。

父親は、それまでにあまり聞いたことがないようなしっかりした声を出して、「私達は大丈夫だから、心配するな」と言った。親が親らしいことを言う時は改まって、子供に対しては他人行儀な声を出すという風習が残っていた最後の時代だった。

母親は、「私達のことは心配しないで、あんたは中澤さんを大事にすればいいの」と言って、父親も「そうだ」とうなずいた。

言われて昌子は、「はい」ではなく「うん」と答えた。そこはまだ、「長い間お世話になりました」と言って頭を下げるような場所ではなかった。そして昌子は、「長い間お世話になりました」と言って、両親に恭しく頭を下げることはしなかった。式場の控室でウェディングドレスを着て、立ったまま両親に「行って来ます」と言った。兄や兄嫁たちの見ている前で、へんにかしこまるのが恥ずかしかったから。

（四）

「大丈夫だ」と言った言葉通り、母親が死んだ後でも父親は一人暮らしを続け、妻が死んだ五年後、八十七歳で死んだ。さすがに死の半年ほど前からは病院へ出たり入ったりすることが多くなったが、それまでは矍鑠《かくしゃく》としていた。なにが父親を支えていたのかは分からないが、様子を見に娘の昌子が実家へ帰ると、「ああ、大丈夫だ。大丈夫だ」と言う回数が年を取るほど多くなった。

父親は、本を読むのが好きだった。年老いてからはその傾向がまた強くなったらしく、「最近の本は面白くない」と言いながらも、一人で本屋通いを続けていた。嫁に行った娘がやって来るのをいやがっていたわけではないが、父親は一人でいても平気だったらしい。それが好きだったのかもしれない。一人でいることを当たり前にしている父親に、「それでも寂しいでしょう？」と言うと、「まァな」と答えた。「やっと人らしい声を聞いた」と昌子は思ったが、「お父さん、寂しかったら家来る？」と言ったら、片手を出して左右に振った。人と暮らすのがいやというのではなく、今までの生活スタイルを変えられることがいやなのではないかと、昌子は思った。

週に一度か二度、昌子は自宅で料理を作って冷凍し、父親の許へ運ぶ。母親がまだ生きていて、父親がその看病をしていた頃にそれは始まって、初め父親は「すまないな」と言っていたが、一人暮らしの時間が長くなるにつれて、「ああ、ありがとう。ありがとう」と言うようになった。人を拒絶するようにして自分を貫いているように思えた父親がやっと発した肉声のようで、昌子はそれを聞くのが嬉しかった。

いつもは一人で解凍している料理を、昌子が電子レンジで温め直して父親の前に持って行くと、父親は、「ああ、母さんを思い出すな」と言った。「お父さんはやっぱり、お母さんが恋しいのよね」と昌子は思って、自分がその母親の姿を思い出させたことが嬉しかった。なんとも言いようのない安堵感を覚えた。

その父親が酸素吸入器を付けたまま、病院のベッドで死んだ。死ぬ前に喉を震わせていたようだが、なにも言わずに死んだ。細くて小さくなった父親の血管の浮いた手を昌子が握っても、それはただ温かいだけで、死んで行く父親は握り返してくれなかった。

昌子は唯一の血縁のようにして病院のベッドの横に立ち、兄とその妻達は、「お父さん、お父さん」と呼ぶ末娘の後ろに立っていた。ふと昌子が振り返ると、長兄の顔から表情がなくなっていた。昌子はそれで、「お父さんは本当に死んでしまったんだな」と思った。

父親が死んで、すべてのものがゆっくりと消え失せて行った。母親が死んだ時、娘の里恵は高校生だったが、彼女の祖父が死んだ時は、もう大学を卒業して就職をしていた。

高校でチアリーディング部に入っていた娘は、快活な娘だった。平気で「――くんがさァ」という話をした。「可愛い」とだけ思っていた小学生の娘が、いつの間にか「今時の娘」になっていることを知って、昌子は驚いた。わずかばかりに驚いて、そして慣れた。なにかが喉元に引っかかっているような気がしたが、ただそれだけで、引っかかっているものがなにかは分からなかった。

昌子は、「私の頃とは全然違うな」と思いかけただけなのだ。

いつの間にか、世の中と昌子との間の距離は開いていた。そのことを、娘のありようが教えてくれていた。今更若い娘に戻れない以上、「私の若い頃とは違う」と思っても仕方がない。「今の子ってそうなんだ」と思った方が、理解は簡単に起こる。テレビからなんだか分からない「今の情報」が流れて来て、「なにあれ?」と言っても、そばにいる娘は、「ああ、別にあれ、当たり前だよ」と言う。

「そうか――」と思って情報を受け入れる。どこでなにをどう知るのかは知らないが、娘はなんでもよく知っていた。

その娘が大学を卒業し、就職をし、黒いリクルートスーツで祖父の葬式に参列していた。

娘は外食産業の会社に正社員として採用された。娘は働き者だった。気が強くもあった。推薦入学で大学に入り、チアリーディングを続け、二年の夏に合宿から帰って来て、「辞める」と言った。「どうして?」と聞いても、「いやなの」としか言わなかった。

「なにがいやなの?」と言うと、「人間関係が」と言って、「どういう風に?」と言っても、なにも言わなかった。「やなものはやなの！」と言って、父や母のいる前を去った。

昌子は娘の強硬ぶりを見て、「誰に似たんだろう？」と言った。「自分の父親の血かもしれない」と、頑なに一人暮らしを続けていた自分の父親を思ったが、夫はあっさりと「お前だろ」と言った。

「私、あんなに強情じゃないわよ」と言うと、夫は「そうか？」と言って薄笑いを浮かべた。「私のどこが強情なのよ」と詰め寄ると、「そうですね。強情じゃないですね」と夫は言って、点けっ放しのテレビの方に顔を向けた。

昌子は「失礼ね」と言って、それから自分に黙って問うた――「どこが？」と。

昌子は、自分のことを「人見知りをする引っ込み思案なところのある女」と思っていた。それは間違ってはいなかったが、それだけではなかった。

(五)

働き者の娘はくたくたになって帰って来た。夜遅くなることもあった。就職した自分の娘がそんなにも大変な思いをしているのを見て、昌子は「辞めたら？」と言った。娘の答は「どうして？」だった。

その内に「残業で遅くなったから、ビジネスホテルに泊まる」という電話も掛かって来た。「男じゃないのに、なんでそんなに働かなきゃいけないの?」と言って、昌子に返って来る娘からの答は、「だってしょうがないのよ」だった。

そんな娘だから、「一人暮らしをしたい」と言った時には「仕方がない」と思った。「会社辞めたら」と言っても聞かないのだから仕方がない。ふっと、「男がいるのかもしれない」と思ったが、娘が黙っている以上、こわくて聞けなかった。

そして娘は結婚した。もう昌子にはすることがない。娘が「結婚する」と電話で言って来た日の夜に、昌子はふっと「死んで行く父親の横顔」を思った。どうしてだか分からない。不思議なことに、見ているはずの母親の死顔は思い浮かばなかった。

娘が一人暮らしをしている間は、「大丈夫なの?」と思って娘の部屋へ出掛けて行った。父親の許へ行った時のように、料理を冷凍して持って。

娘はいつの間にか、母親のやって来るのをあまり喜ばなくなっていた。母親の昌子は、娘が男と付き合っていて、その関係がギクシャクしていたからだなどということを知らなかった。

母の昌子は、「自分のすること」を探さなければならなかった。母になって母親であることを全うして、老いた父に対しては娘であることを全うした。夫に対しては妻であったはずだが、妻であることはあまりにも当たり前で、格別のことはなかった。夫婦仲が冷えきっているというわけではなくて、初めから「夫婦とはこういうもの」というパターンに嵌《はま》っていて、今更どうなるわけでもなかった。「夫婦」であるよりも、「娘がいてこその母、娘がいてこその父」という関係を続けていた。

娘がいなくなった後の休日、夫が珍しく「映画でも行こうか」と言った。昌子は、「いいわよ。なにやってるの?」と言って、夫の勧める映画を見について行った。

「面白くない」とは思わなかったが、「面白い」とも思わなかった。映画が終わっても、夫は「行こうか」と言うだけで、感想を言わなかった。なにか言いたくなる映画でもないので、昌子もなにも言わなかった。若い頃に夫と一緒に映画館へ出掛けたはずだが、その記憶も明確には浮かんで来なかった。自分がどうかは知らないが、夫はもう若くない。夫の若い時を思い出してもしょうがない。シネコンを出て「そばでも食いに行こうか」と言う夫は、過去とは無縁の「現在の夫」だった。「お父さんだって昔はねェ」とか、「お父さんは昔からねェ」と言って聞かせる相手の娘はいない。聞き手のいないところで、言葉はモノローグとしても浮かび上がらない。ただ「そうね」と言って、昌子は「そばでも食いに行こうか」と言う夫の後について行った。昌子は「どこ行くの?」と言って、夫は「どこ行こうか?」と言った。

娘が独立して一人の時間を持て余すようになった昌子は、駅ビルの中にあるカルチャーセンターで書道コースを受講した。自分にも「趣味をお持ちなさい」と言われる時期が来たのだと思った。やっと更年期障害も収まって、体も静かになったと思ったのに。

墨を摩って白い紙に向かうと、心が落ち着く。墨の匂いが心地よい。人からとやかく言われず、自分を高めて行くことが出来るかと思うと、やはり心が落ち着く。そう思ってしかし、昌子はそう簡単に書の腕を上げられなかった。そして娘は結婚した。相手は大学時代に付き合っていた男ではなくて、仕事で知り合った取り引き先の男だった。

娘も背は高いが、娘の結婚相手もスラッとして背が高い。イケメンと言っていい部類の男だった。「娘は目が高い」と思った。「娘の育て方は間違っていなかった」とも思った。

結婚式と披露宴が終わって、娘夫婦は二次会に行った。家に帰って来た昌子は、「やっと肩の荷が下ろせた」と思った。思うだけで口にはしなかった。夫は黙って、閉めてあった部屋のカーテンを率先して開けた。庭の見えるガラス戸を背にして立つ夫に、昌子は珍しく「お茶、淹れましょうか」と言った。夫も珍しく感慨深げに「うん」と言った。

どれだけ「肩の荷」を下ろし続ければいいのか。そのたびにすることがなくなって行く。

しばらくして昌子は、書道教室に通うのをやめた。生徒達の間に派閥がある——それが気にならないままでいたのが、一度気になるとどうしても堪えられなくなって辞めた。以前からいる書が達者だと思う女が、初心者を見下すような顔をしてイニシアチヴを取っているのが堪えられなかった。娘の結婚の後で短大の同窓会へ行って、そこで同い年の女達を見たのが伏線になっていた。

久しぶりの同窓会に、昌子は「年相応」と思われるような服装で出掛けて行って、「どうしたの、あなた?」と言われた。昔の昌子を知る女は、昌子のことを上から下まで見た。全員がもう五十を過ぎているというのに、周りの女達はカラフルだった。声の様子が人を排撃するようで、昌子は束の間、遠い昔の短大時代を思い出した。短大時代の昌子は、いやなものには近寄らないようにしていたのだ。就職して、結婚して、それ以来「いやなもの」と関わる必要を感じずに来た。「いやだな」と思えば撥ねつけられる。守るべき家庭を思えば、いやなものにも立ち向かえた。娘のPTA時代は、派閥争いの日々でもあった。

働いている女はPTAの活動になど熱心ではない。そのくせ、決まった方針に文句を付けて、一人で乗り込んで来る。短大の同窓会でそのことを思い出した。

「誰某《だれそれ》さん、知ってる?」と言って、成功したクラスメイトの名を挙げる。「長谷川さん知ってるでしょ? あの人卒業してから四年制大学行って、アメリカに行ったのよ。翻訳の仕事やりたいって言って。今、どうしてると思う? コロンビア大学の先生の奥さんよ」と言われて、「へー」と言う。「へー」と言って感嘆して、「昔あの人そんなじゃなかったじゃない?」と言って、こき下ろしの欠席裁判が始まる。金の問題ではなく、ステイタスを上げたことが問題なのだ。昌子は会場の隅で、黙ってグラスを手にして立っていた。

㈥

書を習うことをやめた昌子には、することがなにもない。夫がいて、会社に行き会社から帰って来る。夫がいる以上、することはある。でも、することが他になにもない。なにをやっても、なにをやろうとしても、「どうせ——」という気分がつきまとう。自分の行先が、ぼんやりとして霧がかかったように見える。「私はなにをしたいのだろう?」と思って、その答が見えない。「なにをしたいのだろう」と思えば思うほど、分からないという重苦しさが強くなる。昌子は気づかないが、それまでの彼女は「したい」と思って物事に関わって来たのではない。彼女が関わるべき事は、向こうからやって来たのだ。それがもう、やって来ない。未来というものが停滞している。夫のありようが「停滞した未来」だ。でもそれに対して、攻撃性を発揮しようという気にならない。どうにもならないものはどうにもならない——そのことが分かって、無気力にしかならない。

ふっと、母親のことを思い出す。暗い部屋の中で内職の編機を動かしていた。外から帰った昌子は、「お母さん、暗くないの?」と言った——言ったように思う。

なぜ母親の事を思い出すのか分からない。庭の光の中から家の中に入った時に感じる暗がりが、ふっと母親の姿を思い出させる。不思議なことに、母親が恋しいのではない。しかし、なぜかは知らないが、座敷に上がった幼い自分の前に母親が座っている——若い姿のままで。

母親のことを思って、すべてが遠い昔のその時に吸い込まれて行くような気がする。生きて来た時間が見えなくなって、渦巻のようにどこかへ吸い込まれて行くような気がする。

いつ生えたのかは分からない。草むしりをしたはずの庭に、また雑草が生えている。「そんなにすぐ生えるはずはない」と思って、昌子は既に時間感覚をなくしている。

日盛りの庭ばかりではなく、庭の隅の日蔭になったところにも、その黄緑色の雑草は生えて、小さな白い花をつけている。

それを取りに日蔭へ入って、軽い目まいのようなものを感じた昌子は、ふいに「これは知っている」と思った。名前は分からない。兄達がこの草を持っていたように思う。

家では、小鳥を飼っていた。白い腹で、黒と薄いグレーの模様が羽にあったように思う。古い竹製だったと思う鳥籠に入れて、祖父が飼っていた。十姉妹《じゅうしまつ》という鳥だったと思う。縁側に鳥籠がぶら下げてあって、兄達が籠の隙間から指を入れて、番《つがい》の鳥をからかっていた。

昌子の指は、その鳥籠に届かない。「あたしも」と言って兄に持ち上げられて、同じように指を入れようとすると、昌子の体を持ち上げた兄が、「突っつくぞ！」と言って昌子の体をゆする。

「いやーん!」と言って昌子が怯えると、兄達は笑いながら昌子の体を下ろす。そして、二人揃ってどこかへ出掛けてしまう。

祖父の設《しつら》えによる庭は、子供にとっておもしろくない。しばらくすると兄達が、手に草の束を持って帰って来る。「なにそれ?」と昌子が聞くと、兄は「ナントカ」と言う。「十姉妹にやるんだよ」と言って、草を持ったままま鳥籠に近づく。下の兄が「食べてる?」と言うと、上の兄は「食べてる」と答える。兄達の真似をしたい昌子が「あたしも」と言うと、二人の兄は妹の方を振り返ってなにも言わない。籠の隙間から取って来た草を入れて、籠の中の鳥に食べさせている。

「これは、あの時の草だ——」と、夏の初めの日盛りの庭で、日の光に背を向けた昌子は思った。兄達は、いつも二人で遊んでいた。時には二人で喧嘩をしていた。鳥籠の主である祖父は、男の子二人ばかりを孫のように思っていた。「遊んでやんなさいよ」と母親に言われても、「やだね」と言って兄達は遊びに行ってしまう。一人縁側に取り残された昌子は、縁側に座って足をぶらつかせ、「十姉妹に上げる草はないかな?」と思って庭を見る。

広くもない、さして光が当たるわけでもない板塀に仕切られた庭は、草むしりをする母や祖父のおかげで、雑草の緑がない。うっかり庭の緑を抜いてしまって、祖父に怒られたこともある。祖父は怒るだけで理由を言わない。母は、昌子が抜いたのと同じ種類の庭の草を指して、「あれは草じゃないの」と言った。なにが「いい草」で、なにが「悪い草」かは分からない。それが分かって抜いたとしても、兄達のように鳥籠の中の小鳥にやれるわけではない。縁側に座る昌子の頭上で鳥籠は揺れて、昌子の手には届かない。一度、「お母さん、鳥に餌やりたい」と言ったら、「あれはおじいさんのだから、さわるんじゃないの」と言われた。

なにもすることのない昌子は縁側に座って、光の当たる障子を開ける。中には母親がいて、「ザッ」という音を立てて編機のレバーを動かしている。幼い昌子が「お母さん」と言うと、母親は顔を向けずに「なァに」と言った。奥から「おーい！」と言う声が聞こえて、母親は、「昌《まー》ちゃん、おじいちゃんとこ行って、用を聞いて来て」と言った。

それに対して昌子は、「うん」と言った。

母親が恋しかったのではない。母親のそばにいる幼い自分が恋しかった。兄達から仲間はずれにされて、それでも「お母さん」と言うと、母親が相手をしてくれた。

母親はいつも昌子に「するべきこと」を与えてくれて、昌子はとにかく成長の道を歩き出していた。

「お母さんがいたな」と、昌子は小さな声で呟いてみた。もう一度「お母さん」と、小さくはっきり口にしてみた。渦に呑まれてなくなってしまったように思えた道が、ぼんやりと姿を現すように思えた。

「お母さん忙しいから、一人で遊んでなさいね」とも言われた。「うん」と言って、それで自分の人生は始まったのかもしれないと、昌子は思った。光の当たる空を見ると、光の当たる空は空だった。「もう一度、歩き直さなきゃだめだよね」と、昌子は思った。

父

(一)

自分が老いることへの不安がないわけではない。しかし、それが自分のことで自分の体のことだと思うと、なんとかなるのではないかという気がする。来年は六十という歳だが、その自分が老いたという実感はない。「老い」というものは、自分とは離れたどこかに積もって行くものだと思っていた——そう思っていて、妻が入院した。淳一郎は、自分が老いることへの不安より先、老いが自分の周囲の人間の上に積もって行くことの危うさを感じざるをえなかった。東北の地に大地震が襲いかかる前年のことだった。

明かりの消えた家の中で父親の呟《しわぶ》きが聞こえる。妻が入院した家の中には、老いた父親と淳一郎の二人しかいない。

父親の徳叟《とくそう》は九十一歳で、二年ほど前から寝たり起きたりの状態になっている。心臓のバイパス手術を受けたのは十一年前で、心臓の具合がよくないのはもちろんだが、今となっては加齢が全身に及んで、周囲の人間としてはこれを見守るしかない。

八十の歳に大手術を受けて生き延びた父は、根が丈夫なのだろう。空気が通り抜けそうな細い体で、ふらつきながらも家の中を立ち歩いている。それでももう立ち上がるのが一苦労のようで、その時には「おーい」と人を呼ぶ。細い体でその声ばかりが大きく響くのは、不気味でもある。徳叟の妻の瑞江《みずえ》は九年前に死んでいて、「おーい」と呼ばれて答えるのは淳一郎の妻の八重子だったが、彼女が入院してしまった以上、「おーい」と呼ばれる相手は淳一郎しかいない。

淳一郎は父親が好きではない。好きでもなく、嫌いでもない。父親のことを思うと不快な空漠が生まれる。若い頃は「嫌いだ」と思い込もうとしたが、憎悪の感情はあまり根付かなかった。父親が息子に対して格別の感情を示すことがなかったので、息子の方もこれに対する感情の持ちようがなかった。

お父さんはい
る。いるだけでよく分からない。お父さんというものは「えらい人」で、「厳格」と言われるような存在だと、子供の頃の淳一郎は思った。

徳叟は県の国立大学の教授だったから、えらかった。家には彼を「先生」と仰ぐ学生や元学生が何人もやって来て、その中心にいた父が、「えらい人」であることだけは幼い子供にも分かったが、その父親が「厳格」であるのかどうかはよく分からなかった。

応接室には何人もの人が来ていて、賑やかな人声《ひとごえ》が聞こえた。幼い淳一郎がその部屋のドアノブを回して開け、顔を覗かせると中の人間達が戸口に立った淳一郎を見る。「先生の息子」だと思うから、好意の目で見て、「こんにちは」と言う。ろくに見ないのは父親で、幼い淳一郎を素通りして、「おーい」と妻の瑞江を呼ぶ。

呼ばれた母は淳一郎の後ろに立って、「はい?」と夫に尋ねる。父親はただ「連れて行け」と言って、「はい」と答えた母親は促すように淳一郎の肩に手を置き、「いらっしゃい」と言う。ドアを閉めてから、「お邪魔をしちゃだめよ」と言う。

気がつくと父親は、息子に対して直接物を言わない。言うべきことは、母親を介して息子に伝えられる。父親が直接息子に言うことは限られて、「なんだ」の三文字しかない。それは疑問であり、落胆であり、訝しさの表明であり、ただの返事でもある。息子に対して父は、その三文字ですべてをすませてしまう。

学期末になると父の前に座って、学校からの通知表を見せる。「図抜けて」というほどではないが、淳一郎の成績は悪いものではない。それでも前学期より成績が落ちていると、父親は「なんだ」と言う。

言われた淳一郎は「すみません」と言う。父に見せる前、母に通知表を見せて、「お父様に謝らなければだめよ」と、言うべきことの予行演習をすませている。

「すみません」と言っても、父はなにも言わない。頷くわけでもない。ただ、鼻から出る息が「ふむ」と言う。そして、「行け」と言って終わりになる。

父親は、息子のことを怒らない。褒めもしない。励ましもしない。ただ鼻の奥で「ふむ」と言う。淳一郎は、父親の微細な変化から、父親の胸中を判断するしかなかった。

怒っていたり不機嫌になったりすると、威圧的な表情で息子の顔を視る。褒めているらしい時は、その表情を和らげて、二度ほど一人で頷く。励ましているらしい時は、その頷きが一度になる。

父親は、息子に対して説教じみたことを言わない。言うのだったら母親に言わせて、父親はただ息子の前にいる。「厳格」という言葉を父親に掛かる枕詞のように解していた息子は、やがて「威圧的」という言葉と出合って、「これこそが自分の父親のあり方を示すものだ」と思った。

どうしてだか分からない。父親の徳叟は息子の淳一郎に対して、たいした関心を見せない。父というものはそういうものだと、息子は思った。

父親は、威圧的な表情を見せて息子の前にいた。なぜそうなのかは分からない。気がついた時からそういう存在だから、父親とはそういうものだとしか思えない。まさか、息子というものをどう扱っていいのか分からない父親が、息子の前で虚勢を張っているとは思えなかった。どこへ行っても「先生」と仰がれるだけの父親は、相手がまだ幼い息子であっても、その前に腰を屈めて親和の表情を見せることを、自分のあり方に対する矛盾だと思っていた。

夜の中で父親の咳きが聞こえ、淳一郎は耳を澄ました。その後に父親の呼ぶ「おーい」の声が聞こえるかもしれない。

妻の八重子は、夜中にトイレに立つ父のためを思って、父の居室に布団を運び寝起きを共にしていた。淳一郎には、それをしようという気がない。父と同じ部屋に二人で寝るのだと思うと、それだけでゾッとする。父親への憎悪など既にないが、淳一郎にとって父親はただ観念的な存在で、肉体を持って存在するようなものではなかった。

肉体を持つ「父親」という人間は、淳一郎とは関係のない場所に存在していた。父親と自分とは、互いにその生息領域を異にするようなものだった。父親は観念的な存在で、その父親が「肉体を持って存在する」と思うと、それだけで淳一郎の中に言いようのない困惑が生まれる。だから、父親を「父親」ではなく、「介護の必要な哀れな老人」と思うしかない。そう思うと、その体を抱え起こし、ヨタヨタと歩いて行く後を見守りながら付いて行くことも出来る。立ってよろけそうになった父の体を慌てて支え、手を取って歩かせることも出来る。

不意に父の体温を肌で感じると、ドキッとする。その気持ちを保留にして、「介護が必要な老人だ」と思う。老人に対する嫌悪はないが、父親に対する言いようのない空漠がある。だから、父親の体に手を添えても、通い合うものがない。我知らず感じてしまうものを拒みたい思いだけがある。淳一郎がそうなら、父親の方も同じらしい。

八重子が入院した日の夜、「おーい」と呼ばれた淳一郎が父の部屋へ入り、明かりを点けると、ベッドの上で上体だけを起こしていた父は、困惑したように目を閉じた。

以前から痩せていた人がもっと痩せて、濁った電気の光の下で息を吐いている。背筋が衰えているのだろう、起こした体が前のめりになっている。見てあまり気持ちのよいものではない。

「トイレですか?」と淳一郎が言うと、息を落ち着かせようとして黙っている。そして眩しいのか苦しいのか、つらそうに目を開けると、「八重子はどうした?」と言った。

「今日、入院したでしょ」と言うと、「どこが悪いんだ?」と尋ねた。少し痴呆も入っている。

「玄関で骨を折ったじゃないですか」と淳一郎が言うと、少し考えてから「そうか」と言った。

「トイレですか?」とまた言うと、やっと父は「ああ」と答えた。

浴衣の襟元をはだけた父は、自分で上掛けを撥ねのけた。寒い季節ではなくてよかった。父親は、浴衣の下に白い長袖シャツを着、ズボン下を穿いている。

上掛けを撥ねのけた父は、浴衣の裾も大きくはだけ、足だけをベッドから下ろそうとして、不思議な動き方をしている。足をくの字に曲げて、ジタバタと水平移動をさせようとしている。

淳一郎は、立ったままそれを見ている。「自分で出来ることは自分でやらせた方がいい」と思っているからではない。初めてのことで、手順がよく分からない。父の介護は、ずっと妻任せだった。事に際して、まず手順を考えるしかない。

いつものことで慣れている父は、不思議な動かし方でベッドから足を下ろし、立ち上がろうとする。立ち上がろうとして、腰に力が入らない。「立てますか？」と言われて「ああ」と答えはするが、立ち上がることが出来ない。

淳一郎は父親のそばに寄って体を屈め、「いいですか？」と言うと、ベッドに座ったままの父親の体に腕を回した。それだけで父親は、淳一郎の肩に腕を回した。さすがの淳一郎でも、その程度のことは知っている。しかし、淳一郎が父親の体を持ち上げようとした瞬間、父親は淳一郎の手が触れる腰をわずかに引いた。その忌避のような躊躇《ためらい》のわずかな動きを、淳一郎の手は感じ取っていた。

それが感情的なものなのか身体的なものなのかは分からない。しかし、父と息子の間には、わだかまりのような隔たりがある。明らかにある。「自分だけではなくて、親父もそうか」と思って、淳一郎は不思議なことに、安堵した。「自分一人が父親を嫌厭《けんえん》していたわけではない。父親もまた自分を遠ざけたがっていたのだ」と思うと、それまでに感じたことのない不思議な感情が湧いて来た。「一体感」と言うべきほどのものだった。

息子との間に距離を置こうとする思いは、父親の体の奥にある。それが反射的であるだけに、息子と距離を置こうとする思いが父親の奥深くにあることは分かる。憎悪でもない。遠慮でもない。ただ身に備わったものとして作用する。淳一郎は、それまで遠くにあった父親の中に、初めて自分と似たようなものがあるのを感じた。

(二)

息子の体を支えにして父親は立った。

父親の足下を見定めて、淳一郎は「大丈夫ですか?」と言った。父親はなにも言わずに片足を出すと、一人で歩き始めた。ベッドの脇には、室内用の杖が立て掛けてある。それを「お父さん」と言って渡すと、父親は黙って取った。

父親は畳の上に敷かれたカーペットの上に杖を突いて、一歩一歩歩く。歩くたびに膝は曲がって、体は不思議な上下動をする。

かつては畳の上に布団を敷いていたのが、それでは起き上がる時足腰に負担がかかるという理由で、畳の上にカーペットが敷かれベッドが置かれた。杖を突いた父が襖を開けると、板張りの廊下には移動式の手すりが置かれていて、トイレまで続いている。右手に杖を持った父親は、左手で手すりに触れ、ゆっくりと歩いて行く。

父親が病んで——あるいは老いて、家の中が大きく変わった。

平屋建ての東西を通る廊下の南側——庭側には、六畳と十畳と八畳の和室が三つ並んでいた。

一番東の六畳間は、父と死んだ母の居室。廊下を挟んだその部屋の北側には父親の書斎がある。ここは板張りの洋室で、三つの和室の真ん中の十畳の部屋は一家の居間。続く八畳の和室が淳一郎夫婦の部屋で、玄関まで行って南に折れ曲った廊下を挟むようにして、その向かい側に洋風の応接室。南へ向かった廊下の先には、庭へ突き出た四畳半規模の洋室がある。

庭に突き出た四畳半の離れは、淳一郎のための子供部屋で、その後に淳一郎と八重子の間に生まれた長男の研人《けんと》に譲り渡されるまで、淳一郎の居室となり、淳一郎の書斎となっていた。淳一郎の息子の研人は、就職して県外にいる。三十歳になった息子の部屋は、住む人を欠いてそのままになっている。それとは点対称の位置にある北側の徳叟の書斎もまた、閉ざされて開かずの間同然になっている。

かつて十畳の居間には緞通《だんつう》が敷かれ、その上に黒塗りの座卓が置かれていたが、今は父のためを思って隣の六畳間と同じ安物のカーペットが敷かれ、椅子とテーブルの部屋に変わった。畳の上に座るのと椅子の上に座るのとでは視点の位置が変わるから、様変わりした部屋は雑然として落ち着かない。妻を亡くした父の部屋もガランとして、人の声で賑わった応接室からも、もう人声は聞こえない。

家内《いえうち》の様変わりはとうの以前に起こっていて、それに気づいてはいても、淳一郎はそれがどういうことなのかを理解しなかった。「四角い部屋を丸く掃く」という言葉があるが、淳一郎と妻の八重子は、四角い家の中を丸くして住んでいるようなものだった。

昔風の廊下は、天井の光を受けて黒光りしている。トイレは、長い廊下の先の玄関の際にある。廊下にはレトロな鈴蘭形をしたガラス製の笠を被った電球が、一つだけ点っている。廊下を行ってすぐの台所の前辺りでは明るいが、その明るさが十分だとは言えない。淳一郎は、足許が確かとは言えない父親のためにもう一つ、廊下の先の玄関の明かりを点けた。

三和土《たたき》のコンクリートがその光をボーッと撥ね返して、玄関だけが浮き上がるように明るい。玄関の板ドアには小さな菱形のステンドグラスが窓として嵌められている。夜に向けられたステンドグラスが光を通すわけもなく、命を失ったもののように無人の玄関を見下ろしている。トイレに入った父親が用を足すのを待つ間、淳一郎は誰もいない玄関の空間を見ていた。

淳一郎の胸に「荒涼」という言葉が浮かぶ。無人の玄関はなにかから取り残されたようで、訪れる人のあるはずのない深夜に光を宿して、夜の中に佇んでいるように見える。家の中には、老いさらばえた父と自分しかいない。

用を終えた父は、腰になんとか帯をまといつかせている。その父に従って部屋へ戻り、ベッドに座らせた父親の浴衣の裾を見ると、前が少し濡れている。「ちょっと待って下さい、お父さん」と言って、淳一郎は雑巾を探しに台所へ戻った。雑巾が見当たらないので、隣の浴室へ行って、乾いた浴用タオルを探した。それを持って父の部屋へ戻り、背を曲げてうなだれたようにして座っている父の浴衣の裾に当てた。乾いたタオルで、浴衣に付いた尿の水気を取ろうとした。

その間父親は、うなだれてベッドの端に座ったまま、なにも言わない。自分の失態を恥じているのか、それともただ眠いだけなのか、判然とはしないが、「終わりましたよ、お父さん」と言われて「そうか」と答えたのだから、自分がなにをしてどうされていたのかは理解していたのだろう。

「終わりましたよ、お父さん」と言われて「そうか」と答えた父は、それだけで動こうとはしない。黙って、ベッドの端に腰を下ろしている。立った淳一郎は「そうか」と思って、父親の肩に手を回した。

父親はなにも言わない。父親は、どうされるのかが分かっている。息子は、なにをすべきなのかがよく分からない。父親が必要とするのは、抱え起こすことではなくて、横たえることだった。

淳一郎は、父親の肩に手を当てたまま身を屈めると、残る片手を父親の折り曲げた膝の下へ入れた。そしてそのまま、父親の背を支えながら父親の足をベッドの上に載せた。

父親は両膝を曲げたまま、息子の手に支えられて横になった。「大丈夫ですか？」と言うと、「大丈夫だ」と言って自分から脚を伸ばした。

淳一郎はドキッとした。その「大丈夫だ」という声のトーンには聞き覚えがある。しかし記憶の中のその声は、淳一郎に向けられたものではなかった。

父親が息子に言う「なんだ」は、押し殺したように低く、威圧的だった。しかし、外からやって来た客を相手にする時、父のその声の調子は変わった。普段よりは高くなって、明らかに楽しそうな時さえあった。淳一郎をドキッとさせた「大丈夫だ」という声のトーンは、その他人に向けられた声のトーンだった。

酒を飲んで陽気になる父ではなかった。晩酌のビールを飲んで、心持ち緊張が解けたような表情になって、それだけだったが、思春期になった淳一郎は、夕食の席でビールを飲み、日本酒を飲む父を見て、嫌悪感を抱くようになった。家族を拒絶して、一人だけ違う世界へ行っている父を見るのは不愉快だった。幼い淳一郎が応接室のドアを開け追い払われたのは、一度二度のことではない。来客と共にいる父の声が普段とは違って楽しそうに聞こえるから、不思議に思って「なにがあるのだろう?」と、その部屋のドアノブを回した。

父親は、他人に対してなら親しげな声を出す。淳一郎の父親に対する拒絶の中には、家族ではない「他人」に対する羨望があった。

「大丈夫だ」と横になった父に言われて、淳一郎は「他人」になった。「もしかしたら親父は、俺と女房を間違えているのかもしれない」とも思った。入院した八重子は、父が親しげな声を掛ける家で唯一の「他人」だった。

「父は惚けているのかもしれない」と淳一郎は思った。軽度の痴呆が父親の中で進行しているのは確実だった。

脚を伸ばしはしたが、ベッドの上の父親の浴衣の裾は乱れていた。父親はそれを「直せ」とは言わず、淳一郎はそのことに思い至らなかった。淳一郎は父親の体に上掛けを掛け、寝たままの父親が手を伸ばせば届くような長さにまで延ばされた蛍光灯の紐スイッチに手を掛けた。

「消しますよ」と言って、父親の「ああ」という声だけを残して部屋は暗くなった。

その「ああ」という声は聞き慣れた父親の声で、暗くなった襖を開けて部屋を出た淳一郎は、父の寝室の襖を後ろ手で閉めながら、「親父は、俺に介護されるのがいやなのかもしれない」と思った。

(三)

居間と八畳間の境の襖は半開きになっていて、中から光が洩れている。淳一郎が起きて来た布団が人の形を残したままになっていて、部屋には誰もいない。しかし、生者の部屋は病者の部屋に比べて明るい。明るくて侘しい。淳一郎は、自分の年齢を思った。もうすぐ六十。定年は延長されて、子会社へ移る。淳一郎は、製薬会社の部長だった。

その歳とその地位。蛍光灯の下で白く光るシーツのかかった敷布団に座って、淳一郎は思うともなしに我が身を思った。

思うだけで、なにも浮かばなかった。立って、部屋の明かりを消して、横になると不思議なことに、死んだ母親のことを思い出した。同じ屋根の下の暗闇で寝ている父親のことが気にはなったが、父親のことをどうこう思う前に、母親のことが頭に浮かんだ——父親の姿が描かれたドアに手を伸ばそうとすると、その部屋のドアが開いて、中から母親が姿を現したようだった。

父親は痩せていたが、母親の瑞江は丸顔でポッチャリした体型だった。若い頃はそうでもなかったはずだが、太ってポッチャリした母親の姿に慣れて、若い頃の母親の姿がよく思い出せない。母が死んで九年になる。秋には十回忌が来るが、「親父を寺に連れて行っても仕方がないな」と思った。「お袋は、親父をどう思っていたのだろうか?」と、淳一郎は思った。もちろん淳一郎は、両親に対して「親父」とか「お袋」という呼び掛けをしたことがない。父は「お父さん」で、母は「お母さん」だった。

父も母も、地方では「名家」と言われるような出身で、体面を重んじる両方の実家から、それなりの援助はあった。

母親は働き者で、家政婦を使って人の出入りの多い家内の切り盛りをてきぱきとしていた。母親の顔より、淳一郎は母親の手を思い出す。柔らかくふっくらとしていて、温かいというよりは少しひんやりとしていた。

母親は尋常な優しさを持ち合わせた女で、自分が幼い息子の相手を出来ない時には、家政婦に息子の相手をさせた。おかげで淳一郎は、孤独というものをあまり感じなかった。

若い頃はそれほどでもなかったが、六十歳に近づく頃から、母親は体の不調をあれこれと訴えるようになった。血圧が高いだの、血糖値が高いだの、体の節々が痛いだの。淳一郎が結婚して孫の研人が生まれ、賑やかになった家の家事の中心が嫁の八重子に移ったからかもしれない。

母と八重子は仲がよかった。母と八重子が台所に並び立っているのを見て、淳一郎は「お袋は娘がほしかったのかもしれない」と思った。それまでは思いもしなかったが、「お袋は孤独だったんだな」と思った。そう思う淳一郎が、家の中では孤独だった。

妻と母は仲がよい。幼稚園へ行くようになった息子の研人は、「静かにしなさい」と言われても騒がしい。その孫を父親が怒鳴りつけるのかといったら、そうではない。廊下や畳の部屋を走り回る孫を、「こっちに来い」と言って、胡座《あぐら》をかいた膝に載せる。家の中は調和的で、淳一郎は四畳半の離れに一人でいた。「お父さんは忙しい、お父さんは仕事熱心」と言われて、製薬会社で新薬の開発に取り組んでいた淳一郎は、開発部にいた若い女の同僚と不倫をしていた。

妻は知らない。誰も知らない。淳一郎が白衣を着た女の同僚と関係を持つのは二度目のことで、最初の女との関係は、八重子と結婚する前年に終わっていた。相手の女に二股をかけられていた淳一郎は、翌年事務系のＯＬだった八重子と結婚した。どうして同じ会社の女にばかり手を出すのかと言えば、「そこに手頃な女がいたから」としか説明のしようがない。

気がつけば淳一郎は、家の中で孤立した存在になっていた。淳一郎抜きでも家の中は順調に動いていて、その中で「体の不具合」という自己主張の方法を発見した母親が、自分の体調を口にして、嫁の八重子から「お母さん、今日はどうです?」と言われていた。

父と母は七歳の年齢差があって、国立大学を退官した父は、私立女子大の名誉教授になっていた。訪れて来る来客の数も減って、家の中心は、自分のことを病の巣とも思い込んでいる母親に移っていた。

血圧の高い母は、製薬会社に勤める息子に向かって、「なんかいい薬ないの?」と言う。息子は、「医者から薬はもらってるんでしょう? 量を間違えると薬は毒ですよ」と言って、母親から「あんたって、冷たい人ね——昔から」と、思ってもみなかったことを言われた。

なにを根拠に母親が「冷たい」と言うのかは分からない。しかも「昔から」が付いている。「息子の自分はそのように思われていたのか」と思うしかない。「自分が家族にどう思われようとかまわない」と思ってはいたが、母親の一言に足をすくわれたように思った。

「病の巣」と思い込んだ母親は、自分の方が夫より先に逝くと勝手に思い込んでいた。父親の方は七十を過ぎても、体の変調を訴えることがなかった。

その父親が八十歳になって、狭心症の発作で病院に運び込まれた。動脈硬化も進んでいるから、心臓カテーテルよりも冠動脈のバイパス手術をと勧められた。

母親は、面白くもないくらい健康だった夫が、自分よりも重い病を抱えていることにショックを受けた。「ねェ、ねェ」と、嫁の八重子を相手に「ねェ」ばかりが多い不思議な会話を繰り返していた。

淳一郎は複雑だった。「八十歳になった親父がそんな大手術に堪えられるのだろうか?」と思い、「八十歳になった親父は、それでもまだ生きるのか？」と思った。まだ五十歳になる前の淳一郎には、「八十歳」という年齢がどのようなものかは分からない。父親が八十歳になった時、ひそかに父親を送る覚悟はして、入院と聞いた時には「来たか――」と思ったが、その父親が八十歳を過ぎて、なおもまだ生きるための算段を当然としていることに驚いた。ただ単純に、「いつまで生きるのだろう？」と思った。

父親の手術は成功した。定期的な外来受診と複数の薬の服用を義務付けられて、父親は家に帰って来た。珍しく息子を呼んで、もらって来た薬の内容を確認させた。「これは降圧剤ですね。これは血液をサラサラにする薬で」と言われて、「そうか」と言った。

妻と嫁は帰って来た老人に「気をつけて下さいよ」と言ったが、徳叟自身は病人扱いをされることを嫌った。すぐに以前と同じような生活を始め、散歩を勧める医者の言葉に従って、やたらと歩き続けるようになった。八十を過ぎて大手術を受け、それでもまだ矍鑠《かくしゃく》としている夫の姿を見て、母親は「やっぱり私の方が病弱だ」と思い安心した。彼女の価値観では、病弱である方が繊細で、鋭敏な感性を持ち合わせているということになるらしい。

「病弱」の立場を夫から奪還した妻は、その二年後、感染症で死んだ。あまり具合のよくなかった腎臓に細菌が入り込んで、敗血症になった。

病室で嫁の八重子に手を握られて死んだ。その前に「ありがとう」と彼女に言ったそうだ。父親は、悲しいのか苦しいのか不本意なのか、顔をわずかに歪ませて死んだ妻のそばに立っていた。立っただけで、なにも言わなかった。

その父親に譲られて母親の枕頭《ちんとう》に立った淳一郎は、死顔を見て「顔色が悪い」と思った。丸顔の母親は色白で美しい肌をしていた。その母親が土気色の顔色を見せているのを、母のために気の毒と思った。

淳一郎は五十歳で、息子の研人は家を出て東京の大学に通っていた。休暇になれば息子は戻って来る。しかし、母が死んだ後では、家から息子の姿も消えてしまう。翌年に大学を卒業する息子は、地元のＩＴ企業に就職して実家に戻って来たが、二年後に転勤を命じられて東京の支社へ移ってしまう。

徳叟は感情を表に出さない人間だが、妻に死なれて寂しかったのだろう。変化のない表情がわずかに暗くなって、その表情が二年ほど続いた。母の享年は七十五で、喪主となった父親は八十二歳だった。


葬儀の参列者は多かった。八十を過ぎても父親の威勢はまだ健在だった。父親は法学部の教授で、卒業生を何人も県のしかるべき所へ送り込んでいた。父親が法学者としてどれほどの存在だったかは知らない。法学者であるより、高度成長の時代に人材を斡旋し続けていた——そのことによって地方ボスの一人になっていたような男だった。

県庁の中でしかるべき地位を占めている男達を初め、葬儀会場には黒いスーツ姿の男が列を作っていた。頭が白くなっている教え子は何人もいた。まるで母親の葬式ではなく、父の威徳を称えるイベントのようだった。

「お袋はどう思っているんだろう?」と、長く続く焼香の人の列に頭を下げながら思った。

遺族席の最前列に座った父親は頭を下げない。時折、会葬者の辞儀に応えて会釈のような素振りを見せる。悲しいのか退屈なのか不満なのか、面白くもないような顔をしてただ座っている。息子は、「お袋は嬉しいのだろうか?」と思った。

自分の葬式を見ることは出来ない。「盛大なお葬式だった」と言われて、誰が喜ぶのだろう。葬式の後で家に帰った父は、八重子に「お父さん、お疲れでしょう?」と言われて、珍しく「うん」と言った。「うん」と答えて、白い布に包まれた自分の妻の遺骨を見ていた。

父親がなにを考えていたのかは分からない。誰も——死んだ母親を除いて、八重子も淳一郎も、徳叟に彼の胸の内を尋ねない。尋ねても答えない夫に対して、母親は「本当に、あなたって人はつまらない人ねェ」と言っていたことがある。それに対して、父親は怒らなかった。黙って表情を変えず、取り合わなかった。それをそばで見ていて、初めて父親に共感した。煩わしいことは煩わしいのだ。

母親が死んで淳一郎が感じたのは、悲しみではなく欠落感だった。母親はもういない。ただいない。ただ「いない」と思うことが、五十になった淳一郎の悲しみだった。

「お袋は、親父のことをどう思っていたんだろう？」と、明かりを消した部屋の布団の中で、淳一郎は思った。

分からない。母親が父親をどう思っていたのかを、考えてみたことがなかった。

「お袋は、八重子が嫁に来て幸せだったんだな」と、また思った。

「お袋が死んで、研人が戻って、またいなくなって――」と思う内、眠気が襲って来た。その中でふっと、葬儀を終えて東京の大学へ戻ろうとする孫に向かって、「帰るのか？」と言う父の姿が浮かんだ。

「親父は研人が好きだったんだな」と思って、淳一郎は眠りに落ちた。

(四)

翌日は晴れていた。妻が入院した前日が晴れていたのかどうかは、もう分からなかった。雨が降っていなかったことだけは確かだった。障子の向こうの日の光を見ながら、「俺も歳だな」と、淳一郎は思った。

淳一郎より三歳年下の妻は、玄関の上がり框《かまち》で足を滑らせ、腰をしたたかに打った。へんな慌て方をしたのだろう。コンクリートの三和土で足首の骨を打った。倒れる体を支えるつもりで、手首もまた激しく打った。

淳一郎は会社にいた。「ああ、俺だ」と言う父からの電話に驚いた。父親から電話がかかって来ることがあるなどとは思わなかった。

「なにがあったんだ?」と思う淳一郎に、父親は言った。

「八重子がな、怪我をして、救急車で運ばれた」

受話器を通した父の声は確かで、それが妙な不気味さを感じさせる。

「八重子はどこへ行ったんですか? どこの病院ですか?」と聞くと、「知らん」と答える。「なんで知らないんだ」と思うが、当人が「知らない」と言っている以上、仕方がない。家には父が一人でいる。妻になにかがあったのか、それとも父がおかしくなったのか。「八重子に代わって下さい」と言いかけて、それが無意味だと理解して、「いいです、こっちで問い合わせます」と言って、電話を切った。「こっちで問い合わせます」と言われても、父親はなにも言わなかった。受話器の向こうでポカンとしている父親の様子が浮かんで、「親父は昔から認知症だ」と思った。

一一九番に電話をして、妻の搬送先を尋ねた。「連絡をいただいた方に通知はしましたが」と担当者は言ったが、「父親は認知症なんです」と手っ取り早く誇張した言い方をして、搬送先を聞いた。

妻は病院にいる。父親は家にいる。どちらが安心かと言えば、病院にいる妻だ。医者もいる、看護師もいる。「親父は一人でなにをしてるんだ?」と思うとそちらの方が気になるが、とりあえず淳一郎は会社を早退して、妻の運ばれた病院へ向かった。

妻は、痛み止めの薬を呑んで眠っていた。「大丈夫か?」と言うと、目を開けて「あ——」と言った。「お父さんは?」と言うと、「家にいます」と言った。

「親父は大丈夫か?」と言うと、「大丈夫ですよ」と言った。

「自分で救急車呼んだのか?」と言うと、「お父さんが呼んでくれました」と答えた。

「親父にそんなことが出来るのか?」と言うと、淳一郎の妻は、「お父さんは惚けてませんよ」と言った。

同じ家に住んでいながら、淳一郎は父のことをほとんど知らずにいた。要介護認定の申請をしようとしたが、足腰が弱っているだけの父の状態は軽微なので、「要支援」に止まった。家には八重子も淳一郎もいる。父の様子は「よぼよぼになって老いた」というだけで、淳一郎の目からすれば、昔からたいして変わってはいない。奇しくも父親からの電話で思ったように、「親父は昔から認知症」なのだ。そう言い切ってしまった方が早い。父親は昔から自己完結をしていて、変わったと言えば、昔は座卓の前に胡座をかいて手にした新聞を読んでいたのが、今ではテーブルの上に広げられた新聞を、椅子に座って覗き込む——そのことだけが違う。

昔から父は、息子と関わりを持とうとはしない。自分は家の奥に座を占めて、一人息子は庭の離れに追いやっている。息子が結婚すれば、玄関近くの八畳間を与えて、門衛のような扱いをしている——父親がどう思っていたのかは知らないが、「ここをお使いなさいって」と死んだ母親に言われた時、淳一郎は「門番だな」と思った。

同じ家の中にいても、父と息子の間に接点はない。いや、同じ家の中にいるからこそ、「接点」などという考え方をする必要がない。顔を合わせれば、「お早うございます」や「ただ今」を淳一郎は言う。父親は鼻の奥で「ふむ」と言うだけだ。

淳一郎は、自分が父親と関わったり、父親に関心を持つ必要を感じなかった。父親とは関わりたくない——だからこそ進学も、父親とは無関係の薬学部を選んだ。その選択に対して父親は、「そうか」と言うだけで反対はしなかった。息子が違う道を進むことに対して反対があるかなと思っていた淳一郎は、ただ「そうか」と言う父の声を聞いて不快になった——「お父さんは、僕のことをどうでもいいと思ってるんだ」と。

父親と関わるのは母親で、彼女が死んだ後でその役目を引き継いだのが妻の八重子で、老いた父親がどうなっているのかを、淳一郎は知らないままでいた。「親父は、自分が老耄《おいぼれ》だとは思いたくないだろう」と思って、父親の老いを見ないようにしていた。だから、父親のことはよく分からない。惚けていると思えば昔から惚けている——それが息子の思う父親像だった。

しかし妻は、「お父さんは惚けてませんよ」と言う。じゃ、父親はなんなんだ？　怪我をした嫁のために救急車を呼んで、しかしその嫁がどこに運び込まれたのかを、平気で知らない。「知らん」と言った父親の声が耳に甦る。あれは紛れもなく、父親の「普段の声」だ。「八重子がな、怪我をして、救急車で運ばれた」と言う声も同じで、聞いた瞬間それを妙に不気味なものと感じたのは、「父親は老いている、惚けている」と思い込んでいた淳一郎のせいなのかもしれない。

なんであれ、妻は一週間病院にいる。その間家で、父親と過ごさなければならない。会社は休むしかない。医者からは、妻の骨密度が落ちていると言われた。いつ何時、同じことが繰り返されないとは限らない。健康な人間が病人になれば支障が起こる。しかし、病人は病人のまま、変わらずにいる。このまま父親と二人の生活が続いたらと思うと、ぞっとする。

九十一歳になった父を、淳一郎は「ずっと死なないんじゃないか」と思った。平日は知らない。しかし、休日に見た父親は、一日中浴衣の上に半纏《はんてん》を着て、家の中をウロウロしていた――気がつけば、もう何年も前から変わらずに。

(五)

部屋の障子を開け、縁側に出て庭に向かったカーテンを開くと、ガラス戸の向こうは一面の緑だった。花が終わったばかりの躑躅《つつじ》の緑が、こんもりと穏やかに広がっていた。まだ朝の六時で、庭には朝の光と躑躅の葉叢《はむら》が作り出す涼やかな影が、ぶつかり合うこともなく、静かに調和していた。自然は好きだが人工的な庭の緑には反応する気を持たない淳一郎も、その五月の緑に目を細めた。

ガラス戸を開けて外の空気を入れようとすると、家の中から音楽が聞こえた。「誰もいないのに――」と思って音のする居間の障子を開けると、そこに父親が座っていた。昨日の浴衣姿の上に半纏を着た父親は、椅子に座ってテレビを見ていた。

淳一郎は驚いた。夜にトイレに立った時の様子とは大分違う。

「お早ようございます」と言うと、父親は「ふむ」と鼻の奥で頷いた。「起きてらっしゃったんですね」と言うと、「八重子はどうした?」と言った。

「だから――」の一語を呑み込んで、淳一郎は「昨日入院したでしょう」と言った。

「まだ帰って来んのか?」と、父親は言った。どうやら八重子が入院したことだけは理解しているらしいが、その父親にどう答えたらいいのかが分からない。

「すぐには帰って来ませんよ」と言って、父親に不安を与えてもいいのか? 医者に言われた通り「一週間は帰りません」と言って、それを理解をするのか? 明日になってまた「八重子はどうした?」と言われたらどうするのか? 淳一郎は、父親のためにどう答えればいいのかと考えるつもりで、自分が口にするのに一番ふさわしい言葉を探していた。

なにかを言おうとしても息子は黙っている。父親もまた、息子の方を向いたまま黙っている。

「まだ帰って来んのか?」の答は立ち消えになった。

父も息子も動かない。テレビの中ではCMの子供が踊っている。その音をぼんやり聞いて、淳一郎は「俺はなにをすればいいのか?」と思った。

父親は、自分から進んでなにもしない。心臓の手術をした後では、自分から外の郵便受けへ新聞を取りに行くようになったが、「玄関の段差が危い」と言われて、新聞を取りに行くのは八重子の役目になった。「危い」と言った本人が足を滑らせていれば、世話はないが。

淳一郎は、テーブルに置かれたポットを手にして振ってみた。空に近い。「今、お湯を沸かします」と言って、台所に立った。座ったままの父親は、もちろんなにも言わない。

台所に立った淳一郎はレンジの火を点けて湯を沸かした。玄関から出て、外の郵便受けから新聞を取って来た。「朝刊です」と言って父親の前に置くと、「ふむ」と言って父親は手を伸ばした。自分に必要なことだけは聞こえて、理解をするらしい。淳一郎は、「ふむ」と言って悠然と新聞に手を伸ばす父親の姿を見て、「なにがえらいんだ」と思った。

朝食はパンがあったのでトーストにした。卵も焼いた。牛乳がもう少なくなっているので、「パックを買わなくちゃいけないな」と思った。

いざとなると、なにをしたらよいのかが分からない。散発的にやるべきことが思い浮かんで、その間に連続性が見えないから疲れてしまう。緊張と焦りが、ブレーキになったりアクセルになったりする。

父親はピチャピチャと目玉焼の黄身を音を立てて舐めていた。皿を持って舐め上げるなどということをせずに、トーストをちぎって卵の黄身に付けていた。それでも、ピチャピチャと音がする。父親の朝食時間は早く、夕食時間も早い。父親が食卓でどんな食べ方をするのかなどは気にすることもなく、父親と食卓を共にする機会自体が少なくなっていた淳一郎は、食事を摂る父親の卑しさに堪えていた。

朝食が終わって、淳一郎は洗濯を始めた。天気はよかった。洗濯をしていれば、父のそばを離れることが出来る。淳一郎は、台所の隣の浴室に立って、洗濯機を回した。

父と同様、淳一郎も家事をしない。しかし、父と違って淳一郎は「家事の出来ない男」ではなかった。淳一郎の趣味は、登山だった。仲間とパーティを組んで出掛けることもある。一人でふらりと出掛けることもある。つまらないことがあると、一人で山に出掛ける。米の炊き方は、山で覚えた。味噌汁の作り方やカレーライスの作り方、バーベキューも。文明のないところで火を熾し、飯盒《はんごう》で米を炊く。不思議なことに、その手続きのないガスや電気の便利さの方が、淳一郎は苦手だった——「本当にスイッチを入れただけで米が炊けるのか」と。

昼食は、カレーライスを作った。自分の料理のレパートリーのあらかたがなくなってしまったと思い、淳一郎は気落ちした。病院の面会時間は午後の三時からで、それまでの間、父親のいるテーブルの椅子に座ってテレビを見ていた。それだけで、落ち着かなかった。

㈥

病院の妻は元気そうだった。「どうだった?」と妻に聞かれて、こぼすつもりもなく「父の様子」を話した。話したのは実のところ、「父の様子」ではなく、「困惑する自身の話」だった。「どうだった?」と言う前に「悪いわねェ」と言った妻は、淳一郎の愚痴を聞いて、「そんなに真面目に考えなくていいのよ」と言った。

「お父さんあれで、出来ることは出来るんだし、分かることは分かるんだから、放っとけばいいのよ。じゃないと、疲れちゃうわよ」と言った。その通りだった。淳一郎は、自分の未熟さを笑われているように思った。

妻は、「冷凍庫の物を解凍して食べて」と言った。それから、「なにかあったらまた来て」と言った。病院内では携帯電話の使用が禁止だし、足を固定された妻は、片足を上げたまま車椅子で移動する。「用があったらここに来て言え」は仕方がない。

帰り際に思いついた淳一郎は、「なにかいるものがあるか?」と言った。妻は、「売店で歯ブラシとティッシュと、マグカップがあるらしいから、買って来て」と言った。「箸はいいのか?」と言うと、「昨日看護師さんに立て替えてもらって買ったからいいわ」と言って、「お金よ、お金。

あたしお金持って来てないんだもの、少し置いてってよ」と言った。

夫は、「分かった、明日お前の財布持って来る」と言って、その後で「ああ、研人には心配するなと言っておいた」と付け加えた。言うべきことの順序はばらばらで、「じゃアな」と言った夫は、病院の売店で買物をするのを忘れたような顔で、妻のいる病室を出て行った。


妻は一週間ではなく、十日経って退院した。その間、淳一郎は徐々に焦らなくなったが、居心地は悪かった。「放っておけばいい」と言われても、まさか父を残して会社へ行くわけにもいかない。既に新薬開発の現場を離れて子会社への出向辞令を待つだけの淳一郎は、「閑職の人」だ。「会社」を口実にして父を家に残しておくのは、なんだか落ち着かない。なすべきことをなさずにいるような気がする。しかし、父と二人で家にいるのは、なんとも気まずい。居心地が悪い。落ち着かない。

テレビを見ている父は、時々頷くように首を動かす。ひとりごとのように、「今日は天気がいいな」などと、庭を見て言う。淳一郎が「そうですね」と言うと、息子の方を振り返って、驚いたような顔で見る。父親がなにを考えているのかは分からない。父親と二人でいると、「なにを考えているのだろう?」という疑問ばかりが湧き上がって来る——まるで、生まれて六十年近くの時間の間に生まれた疑問が一つ一つ立ち上がっては消えて行くように。

淳一郎は、妻が入院した日の夜のことを思い出した。浴衣の裾を濡らした父をベッドに横たえて「大丈夫ですか？」と言ったら、「大丈夫だ」と答えた——その、息子に対してではなく「他人」に対するような人間味のある声を思って、「ここにいるのは父親ではない。介護を必要とする老人だ」と理解した。父親だからこそその介護をするが、その相手は「父親」ではなく「介護を必要とする老人」なのだ。そう思うことによって、淳一郎は父親との間の距離を無効にした。距離が狭まったわけではない。距離は依然としてある。しかし、その隔たりはなんだか分からない——自分の父親がなにを考えているのかよく分からないのと同じように。

そう思って淳一郎は気がついた。「自分はもう父親を必要としていないのだ」と。「お父さん」と呼びかけて返事がなくとも、もうどのようにも思わない。自分がそう思っていると気がついた時、父親も「父親」として扱われることをたいして望んでいないのだと気づいた。かつて「父親」だった人は、もう「介護を必要とする老人」なのだ。当人もそのことを理解しているのだと、淳一郎は思った。

退院した妻は、帰って来てもしばらくの間は松葉杖を突いて家の中を歩いていた。立ち居が不自由な妻のために、もう一台ベッドをレンタルした。東京にいた息子の研人も休みの日に戻って来て、様子を見て帰って行った。帰り際に、「もしかしたら俺、こっちにもう一度転勤になるかもしれない」と言った。

淳一郎は「そうか」と言ったが、息子のことを考えると頭の中が煩わしくなりそうで、それ以上のことを考えなかった。淳一郎は、まだ自分が父親に似ているとは思わなかったが、時折なにかが風のように胸を吹き抜けて行くような思いはした。

酷暑の夏が来て、父親は持ち堪えたが、少しずつ衰えて行った。淳一郎は、「徳叟」という父親の名前の意味ばかりは知っていたが、気がつくと父親は、その名にふさわしいような存在になって行った。

徳叟——「徳のある叟《おきな》」。なにを思って父の父は生まれた息子に「老人」という名前を付けたのかは分からないが、「老人」である父は、生まれた時から生きることを祝福されていたのだ。家に来た父の教え子から、「お父さんはとてもいい名前を持っているのですよ」とその意味を説明されて、中学生だった淳一郎は「なにが？」と思ったが、にこやかでもなく、穏やかでもない父は、静かな自己完結の中にいて、その名が似合う老人になっていた。

秋が来て、死んだ妻瑞江の命日が来て、「お父さん——」とそのことを告げられても、ただ「そうか」と言うだけだった。

年が明けて、大震災が日本を襲うことになる年の正月、三ヶ日を過ぎた日の昼、なにを思ったか父親は、淳一郎に向かって言った。

「お前には、迷惑をかけたな」

淳一郎は、なにを言われているのか、よく分からなかった。それを言った父親は、例によって、一人で小さく頷いて、「それだけだ」と言った。血色がいい悪いではなく、顔の色はただ白かった。

それから二月《ふたつき》、大震災が大地を揺する前に、九十二歳を目前とする父親は死んだ。葬儀が終わったその翌日、大地が揺れた。不思議な暗合のようだった。

「大震災」と言われると、その前に死んだ父を思い出すようになった。

その年は不思議な年だった。いつもの年よりも多く、葬儀の知らせが舞い込んだ。古くからの友人の母が死んだ。妻が死んだ。父が死んだ。友人自身が死んだ――それを知らされて淳一郎は、「地震によって世代の交替が起きてしまった」と思った。根拠はないが、そう思った。

東北の地にリュックをかついでボランティアに出掛けた淳一郎は、そこから戻った五月の日、東京にいた息子が転勤で戻って来ることを知った。

三十を過ぎた息子はまだ独身だったが、祖父の葬儀には「それらしい女性」を連れて来ていた。息子は、「お父さん、一緒に住んでいいかな?」と、電話の向こうで言った。

なんだか、ざわついたものがやって来るような予感がした。「いいぞ」と言う前に、「いいのか?」と言った。

息子はただ「いいですよ」と、他人行儀な答え方をした。それを聞いた時、淳一郎は「自分の中にも親父と同じ男がいる」と思った。「なぜか」ではなく、ストンとその思いが落ちて来た。

枝豆

（一）

研究室のドアを開けた敦志《あつし》が名前を告げると、中にいた男が顔を上げて立って来た。男は「助手の簑浦《みのうら》です」と言って名刺を差し出し、「どうぞ」と言って敦志を部屋の奥へ招いた。

窓際の狭いスペースに置かれた椅子に敦志が腰を下ろすと、テーブルを挟んだ向かい側の椅子に簑浦も座って、口を開いた。

「田中さんの紹介ですよね？」

「いや、土倉に言われたんです」

「あ、そうでしたか。もうご存知とは思いますけど、我々菱田社会心理学研究室では、草食系男子と言われるものの実態を調査しています」

敦志は「はい」と言ったが、それは合いの手のようなもので、なにかを承知しているわけではない。友人の土倉に「草食系男子を探してるから、お前行ってやれよ」と言われて来ただけだ。

相手の簑浦はそんなことを気にしない。

「最近、草食系男子ということがよく言われていますが、その実態はよく分かっていません。我々は、その流行にはデマゴギー伝播の一面もあるのではないかと考えて、実態解明を進めたいと考えています。つまり、草食系男子というのはよく言われるけれど、実際はどこにいるのかよく分からない。女性に対して積極的になれない男性を総称しての表現ですが、その背景には、本来男性は女性に対して積極的であるべきだという考え方があって、それが女性の社会進出によって損われたのではないか、という考え方です。実際に草食系男子であるかどうかは別にして、草食系男子と目されてしまう男性の実態を調べたいと思って、協力をお願いしています」

敦志には「そうですか」としか言いようがない。

するだけの説明をした簑浦は、「まずこれをお願いします」と言って、クリップボードに留めてある紙とボールペンを渡した。紙にはいくつかの質問事項がプリントされていて、「名前は結構です。職業と年齢だけを記入して下さい。本学の学生ですよね?」と言うので、敦志は「はい」と言って、紙の一番上の所定欄に「学生」と「19」という年齢を書いた。

最初の設問は、「あなたは他人から草食系男子と言われたことがありますか」だった。答は記述式ではなくて、「1．よくある　2．たまにある　3．ほとんどない　4．ない」の四つの選択肢から選ぶようになっている。

敦志には、設問というものを見ると「どこかに引っ掛けはないか？」と考える癖がついてしまっているが、別にそれらしいものはない。いきなりの質問だが、「草食系男子」と言われたことはない。

しかし、友人の土倉に「社会心理の研究室で草食系男子を探してるんだって。お前、草食系だろ？　行ってやれよ」と言われてここにいる。「それはなんだ？」と思う敦志が、「すいません。一度だけあるのは、〝たまにある〟ですか？　〝ほとんどない〟ですか？」と尋ねると、簑浦は「あったんですね？」と言って、「はい」と言う敦志に「じゃ2にして下さい」と言った。

敦志は「2．たまにある」をマークしたが、見ると「たまにある」の文字がムズムズと動き出しそうで、「一度あった以上は、将来に於いてもまた言われる可能性がある」と言われているような気がした。

その敦志の前に、「あなたは自分のことを草食系男子と思いますか」という第二の設問がある。答の選択肢は「1．そう思う　2．そう思わない　3．そうかもしれないと思う　4．分からない」の四つで、敦志は迷わず「2．そう思わない」をマークした。

二つの設問に対してどちらにも「2」の答を選択した敦志は、「自分はモデラートな立場をキープしているな」と思ったが、三番目の設問は「女性に性的な関心がありますか」だった。用意された答はやはり四つで、「1．ある　2．あまりない　3．よく分からない　4．ない」だった。
敦志は迷わず「1」を選択したが、その後で他の選択肢を改めて見て、不思議な感じがした。「女性に性的関心がない」という答ならまだ分かるが、「女性に性的関心があまりない」というのはどういうことなのだろう？

いつの間にか敦志は、「自分のあり方」を答えるよりも、設問者の意図を汲んで、その「正解」に沿って答を出すことの方が重要ではないかと思っている。敦志にとって、性的関心というものは「ある」か「ない」かのどちらかであるはずなのだが、そこに「あまりない」という量の問題が登場しているので、「これはどういうことだろう？」と思ったのだ。「この設問に対して、自分は正しく答えられているのだろうか？」と、敦志は思った。

もしもその設問が「あなたは女性に対して激しく性欲を感じますか」で、その答が「1．激しく感じる　2．あまり激しく感じない」と続くものだったら、敦志は余分なことを考えず「2」と答えていただろう。それが敦志にとっての穏当《モデラート》な答だった。しかしその設問は、女性に対する性的関心度を測るものではなくて、女性に対する性的関心が淡いことに対する自覚があるかどうかを探るようなものだった。

深い考えもなく、友人の「行ってやれよ」の一言で社会心理学の研究室までやって来た敦志は、いつの間にか、知らない他人に胸の中を勝手に掻き回されているような、意味のない不快を感じ始めていた。

四番目の設問は、「女性と性交渉を持ったことがありますか?」で、答は「1.ある　2.ない」の二択だった。敦志は「1」と答えた。高校時代に同級生の女子から迫られ関係を持ったことがある。「あるんだから、僕は草食系男子じゃないはずだ」と思う敦志の前に、「あなたは女性に対して積極的な関わりを持つ方ですか」という続いての設問があった。

敦志はすぐに「違うな」と思って、それから答を見た。答は、「1.積極的に関わっている　2.関わりたいがその機会があまりない　3.あまり関わりたくない」の三択で、「その機会があまりないわけじゃないな」と思う敦志は「3」と答えたが、よく考えると「女性に対して積極的な関わりを持つ」ということが、どういうことなのかよく分からない。設問者の意図が正確に読み取れないと思う敦志は、「積極的な関わり」というのがどういうことかを簑浦に尋ねようと思ったが、顔を上げて見ると、目の前の簑浦は関心のなさそうな顔で視線をどこかにさまよわせているので、やめた。よく考えれば、それほど真剣に向き合うようなものでもない。

最後になる六つ目の設問は、そんな敦志のためにあるようなものだった。「あなたは自分が草食系男子と言われることをどう思いますか」と言っていた。

答は五択。「1.その通りだと思う　2.不快に思う　3.なんとも思わない　4.それを言われる理由が分からない　5.その他」——と並べられているのを見て、「その通りだと思う自分」が想定されていることに腹が立った。「不快に思う」のはもちろんだが、しかし、自分の取るべき態度は「なんとも思わない」であってしかるべきなのかとも思った。

「なんとも思わない」と言えば、なんとも思わない。しかし、それですべてを容認して引き下がりたいとも思わない。敦志には「それを言われる理由が分からない」のだ。

敦志はもちろん「草食系男子」という言葉を知っている。それがいい意味で使われることのない言葉だと知っているから、深く知ろうとも思わないし、自分が草食系男子だとも思わない。では、そういう敦志がなぜのこのこと社会心理学の研究室までやって来たのかというと、よく分からない。「自分は草食系男子じゃないから、そのことははっきりさせてやろう」というようなことだったのではないかと思うが、敦志にはどうでもいいことを突きつめて考えようという気はない。研究室へやって来て、簑浦から「デマゴギーの一面がある」と言われて、「やっぱりそうか」と思ったくらいだが、渡された設問用紙と付き合っている内に不愉快になって来た。この設問を考案した人間は、どう考えても敦志を「草食系男子」の方へ囲い込もうとしているのだ——そうとしか考えられなかった。

(二)

最後の設問に答え終えた敦志が顔を上げて見ると、簑浦は横を向いている。その視線の先は研究室の内側に向けられて、そこにスタッフらしい若い女が立っていた。格別に美人というわけではなく、不美人というわけでもない女は、簑浦の方を見ているわけでもない。なんらかの意図があってその女の方を見ている簑浦に、敦志は「書きましたけど」と言って、紙が留めてあるボードを向けた。

安っぽいドラマの展開とは違って、不意を衝かれたはずの簑浦は、別に驚いた様子も見せなかった。

差し出されたボードの上に視線を落とした簑浦は、敦志の書いた答を確認するように、指で一々追って行く。最後の設問に「それを言われる理由が分からない」と答えた敦志は、その「4」の数字を強調するように、二重三重の円で囲んだ。それを見ても簑浦はどうという反応も見せない。敦志は束の間、自分が医師の診断結果を待つ患者になったような気がした。

目の前にいる簑浦という男がどういう男なのかを語るべき言葉が、敦志の中にはない。ないのは、敦志の中に「この人はどういう人なんだろう?」と考える動機がないからで、そんな敦志にとって簑浦は、「目の前にいる眼鏡を掛けた人」でしかない。そんな敦志に「それから?」と言っても、「眼鏡のフレームは白と黒のモノトーンで、僕より年上です――いくつか分かりませんが」くらいの答しか返って来ない。簑浦は「印象が薄い」と言われる部類の男かもしれないが、対する敦志は「初対面の他人にいきなり焦点を合わせるような習慣を持ち合わせない男」なので、この二人が向き合っても、そこで明確になるものはなにもない。

そんな敦志の前で簑浦は、「同じ質問をウェブの方にも上げて自由に書き込みをしてもらっているのですが、こうして直接来てもらうと有難いです。いくつか質問をさせてもらってもかまいませんか？」と言った。「たいしたことはないだろう」と思う敦志が「はい」と言うと、簑浦はテーブルの上にＩＣレコーダーを置いて、「録音させてもらってかまいませんね？　もちろん個人情報は守ります」と言った。

「なんだか大袈裟になって来たな」と思いはしたが、敦志は今更「ＮＯ」とも言えずに「はい」と言って、話はいきなり核心に触れた。

「あなたは、たまに草食系男子と人に言われることがあって、自分はそう思わないと答えていますが、自分はなぜ草食系男子と言われるのだと思いますか？」

そう言われても、分からないものは分からない。だから敦志は「分かりません」と言った。言われて簑浦も、「最後のところで、あなたは理由が分からないということを強調していますね」と言った。数字をグリグリと丸で囲んだのは事実だが、改めて「強調している」と言われると恥ずかしい。

「もう言ったと思いますけど、そう言われたのは一度だけですよ。昨日、友達に〝お前草食系だろう〟って言われて、ここにメールされちゃっただけですよ。ここで探してるって――」

「その友達は、男ですか？　女ですか？」

「男ですよ。からかわれたのかな？」

「女性から草食系と言われたことはありませんか？」

「ないです」

ご苦労なことに簑浦は、敦志の言うことを一々メモしている。

「その友人は、どうしてあなたのことを草食系男子と言ったと思いますか？」

「からかったんじゃないですか」

「それを言われて、あなたはどう思いましたか？」

「ん――、そうかなと思いました」

「どうしてそう思ったんですか？」

「なんとなく、そんな風に見えるんじゃないですか」

「その友人は、あなたのことをどれくらい知ってるんでしょうか？」

「そんなに知らないと思います」

「じゃ、外見だけで草食系男子だと思われたんじゃないかということですね？」

「ですね」

「あなたは、女性と性的交渉を持ったことがあって、女性には性的な関心があるけれど、女性に対して積極的な関わりを持ちたくないと答えていますが、女性には性的以外の関わりを持ちたくないということですか？」

敦志は、「誰がそんなことを言ったよ」と思って、前に気にかかったことを口にした。

「女性に対して積極的な関わりを持つというのは、どういうことですか？」

簑浦は、敦志の質問をはぐらかすような不思議な答え方をした。

「それは、回答の仕方によっても違って来ますね」

「はあ!?」

「あなたは、性的な関心を女性に対して持ってはいるけれど、積極的な関わりを持ちたくないと答えているわけですから、女性とは性的な関係以外のものを持ちたくないと考えられる可能性があります――」

「なに言ってんだ?」と思う敦志は、「違いますよ」と言った。

「どう違います?」と言う簑浦に、「だったら僕は、セックスのことしか考えてないみたいじゃないですか」と言った。

先を促すつもりなのか、簑浦は敦志の顔を黙って見ている。敦志は、「そんなにセックスに興味なんかありませんよ、僕は」と言った。

うなずく様子も見せず、簑浦の手だけが動いた。敦志は「しまった」と思った。目の前の眼鏡の男は、敦志のことを「草食系男子」と断定したのに違いないのだ。

「セックスにあまり興味がないとすると、なにに関心がありますか?」と、簑浦は言った。

「僕は、情報工学の人間なので、自分で新しいプログラムを書くことに一番関心があります」と言って、敦志はまた「しまった」と思った。「コンピューター=おたく=人間と関わるのが嫌い=草食系」と決めつけられてしまうのではないかと思った。

簑浦は、「コンピューターですね」と言ってから、「ちなみに、女性と性交渉を持った数は、何人ですか？」と言った。

敦志はうかうかと「一人です」と答えて、「やっぱり草食系だ――」と思った。そしてなにを思ったか、高校時代のエピソードを語り始めた。

「高校の同級生の女の子に〝付き合ってくれ〟と言われて、〝いいよ〟と言ったんです。別に好きではなかったけど、嫌いでもなかったので、〝付き合いたいなら付き合ってやろう〟と思ったんですけど、彼女の家に呼ばれて、そういうことになっちゃったんです」

「そうですか」と、簑浦は言った。

「僕は、草食系なんでしょうか？」と、敦志は簑浦に尋ねた。

尋ねた後で敦志は、自分が高校時代のエピソードを語ったのは、簑浦に「草食系ではないですね」とジャッジしてもらいたかったからだと気づいた。しかし簑浦は、黙って首を傾げた。

「私達は、あなたが草食系男子であるかどうかに関心はないのです。私達が知りたいのは、〝草食系男子〟と目された男性が、自分のことをどう考えているのかです」

「知ってどうするんですか？」

「初めにお話ししましたが、草食系男子と言う側と言われる側のギャップを調べて、どうして草食系男子ということが言われて一般化したのかを調べているのです」

日本語としては分かるが、敦志には簑浦がなにを言っているのかが分からない。彼の言うことと、自分がそこにいることがどう関係あるのかも分からない。

「そんなこと調べてどうするんですか？」

「どうするかという功利的観点からではなくて、一つの興味ある社会現象と思って調査をしています」

それだけで敦志は満足をしない。「だからなんだ？」という視線を向けられて、簑浦は「草食系男子現象」のなんたるかを語り始めた。

「草食系男子という言葉は、初め主に女性から男性へ向けて使われました。女性に対して性的関心がないわけではないのに、女性に対して積極的にアプローチをしない男性です。この言葉が一般化すると、男性から男性へ向けても使われるようになりますが、主に揶揄的表現ですね。どちらかと言うと〝男としてだらしがない〟という意味で使われますが、そればかりではなくて、どこかに羨望のニュアンスも感じられます」

「どうしてですか？」

「草食系男子は女性にもてるのではないかという、思い込みがあるようです」

そう言って簑浦は、「あなたはもてますか？」と、へんに感情のこもった目を敦志に向けた。

「もてませんね」

「それは、女性に関心がないからではないですね？」

「ないのかもしれませんけど、僕には別にもっと大きな関心があるので——」

「イケメンと言われることはありますか?」と言う簑浦の様子は、それまでと同じように見せようとしてはいるみたいだが、でもどこか今までとは違う。

「たまに言われることもありますけど、でも、もてませんよ」と敦志が言うと、簑浦は冷静な様子を見せたまま、「そういう言い方をするのが、草食系男子の一つの特徴のようですね」と言った。

(三)

目の前の学生は、明らかに動揺していた。簑浦が「そういう言い方をするのが、草食系男子の一つの特徴のようですね」と言ったのは、「彼を動揺させてやろう」と思った上でのことだから、簑浦は驚きもしない。喜びもしない。「ほら見ろ」と思って、不快な感じだけが残る。

研究室の主である菱田教授が「草食系男子の調査をしよう」と言った時には、「おもしろそうだな」と思った。しかし、実際にその調査に携わって直接、間接に「草食系男子」なるものと接する内に、不快な気分が生まれて来た。「草食系男子」と言われる若者達は、異様に自尊心が強いのだ。

まず、草食系男子であることを認めない。認めたがらない。研究室にやって来た目の前の学生も、たった一人の女性としか性体験がなく、しかもそれが受動的で、女性には性的関心があると答えてはいるが、「性的」というタームをはずしてしまうと、女性に対して「関心がないかもしれない」と答えてしまう。セックスに対しても、「そんなに興味がない」と言ってしまう。でも、自分を「草食系男子」だとは認めない。基本的に、自分がどのような人間であるかを、自分から積極的に認めようとはしない。だから、厄介なことに、多くの草食系男子は、自分が草食系男子であることを、あっさりと容認してしまう。

容認したのは、他人の言うその言葉だけで、「草食系男子」であることは、根本のところで認めていない。「でもいいじゃないですか」とそれを認めるような様子を見せて、他人の言う言葉そのものを無価値にしてしまっている――そのように見える。

草食系男子の多くは、安全圏と思えるところに留まって「危険にさらされない余裕」を見せているのか、見せようとしている。「草食系男子の多くは自尊心が強いから、女性と関わって傷つくことを恐れている」という理解もあるが、簑浦にはそれだけではないように思える。

研究室の主である菱田教授は、「俺なんか、若い頃は悶々としてたけどな」と言って、自分とは別種の草食系男子を平気で調査対象にしてしまうが、助手の簑浦は、どこかで割り切れない。

五十歳に近い菱田教授は、自分を「マチュアードな存在」と位置付けているから、草食系男子のデータを平気でいじくり回すことが出来る。でも、まだ二十代から抜け出せていない簑浦は、そうなれない。どこかで、「お前も草食系男子なんじゃないか?」と言われているような気がする。

自分が何者であるかを、明確に判断出来ない。他人の発する自分への評語を、「そうかもしれない」と思って受け容れてしまうことがたびたびある。たやすく他人の評語を受け容れながら、一方ではその評語を絶対に認めない。「自分」というものが存在するのなら、「そうではない」という否定形で存在することが多い。

ふっとぐらついて「僕には自分というものがないのかもしれない」と思うこともあって、「いや、そうではない」と否定しにかかる――そのような自尊心の強さが、草食系男子と似ているような気がする。うっかり「草食系男子の分析」などということを始めて以来、そんな疑問がつきまとう。草食系男子と自分との間に一線が引けるのは、彼等が女に対して悠然と構えているのに対して、自分は――若い頃の菱田教授ほどではないにしろ、ひりつくような欲望を感じてしまっているからだ。

目の前の学生は、「たまにイケメンと言われることもある」そうだ。そうだろうと思うから言ってみた簑浦は、イケメンなどと言われたことがない。ただの「若い男」だ。

たまに「イケメン」と言われることもある目の前の学生は、「でも、もてませんよ」と言う。その気になれば、簡単に女を落とせるはずだ。そのことを知っていて、でも女に進んで関わって行こうとはしない。「もてようと思えばいつでももてる」と思う優位性を確保しているように、簑浦には見える。

「草食系男子は女性にもてるのではないか」という思い込みは、簑浦の中にも生まれてしまっている。

(四)

目の前の簑浦に「そういう言い方をするのが、草食系男子の一つの特徴のようですね」と言われた敦志は、簑浦の言葉の中にある「悪意」を感じて、眼鏡の中の簑浦の目を見た。

「この人に、バカにされたくはない」と、敦志は思った。「この人は、自分とは違う。だから、この人の判断に従いたくないな」と思った。

「女性に対して性的関心を持てない男を草食系男子と言うわけですよね?」と敦志が言ったのは、簑浦の根拠となる「草食系男子」の概念を根本から否定しようというつもりからだった。

簑浦は、敦志の発言をあっさりと修正した。

「草食系男子というのは、女性に性的関心を持っていながら、そのための積極的行動を取らない男性のことですね」

しかし敦志はめげない。

「でも、女性に性的関心を持っているつもりで、実はそういう関心がないから、女性に対して積極的行動を取らない男だっているわけですよね？」

たいした意図もなく、簑浦は「それはあなたですか？」と言った。

「違いますよ」と敦志は言って、「そういう場合はどうなるんですか？」と尋ねた。

「それは、潜在的同性愛者と言うべきもので、草食系男子とは違うと思いますね」

「じゃ、高校の時にいたんですけど、明らかに男に関心を持っていて、でも積極的な行動に出ることの出来ない男というのはどうなんですか？」

「そんなことを言われても困るな」と思う簑浦は、「草食系の同性愛者ということですか？」と尋ね返した。

「はい」と言う敦志に対して、簑浦はあっさりと、「それは我々の対象外ですね」と言った。

敦志は「ずるいな」とは思ったが、自分のことを潜在的同性愛者とも草食系同性愛者だとも思わなかったので、「そういう人達を除外するのは差別じゃないですか」とは言わなかった。その代わりに、別の面倒な例を持ち出した。

「あの、結婚してしばらくすると、セックスレスになっちゃう人っているじゃないですか？ そういう中年の人は草食系男子って言わないんですか？」

簑浦はあっさり、「言わないですね」と言った。そして、「我々はなにが草食系男子であるかという調査をしているわけではなくて、草食系男子と言われる人達がどういう人達なのかを調査して、どういう人達が現代社会では〝草食系男子〟と呼ばれるのかを調査しているのです」と言った。

敦志には、やっと一つのことが分かった。「初めに草食系男子ありき」なのだ。「草食系男子」という決めつけがまずあって、そこに敦志がいる。自分が「草食系男子」というカテゴリーの中に追い込まれようとしているのではないかと思ったのは、当然のことだったのだ。

簑浦は、「どうもご協力をありがとうございました」と言った。言われて敦志は椅子から立ち上がりかけて、ふと思った。「もらった名刺はどこだっけ？」と思ってポケットを探り、取り出した名刺で相手の名前を確認してから言った。

「簑浦さんは、草食系なんですか？」

簑浦はあっさり、「違いますよ」と言った。

敦志はびっくりして、「え、そうなんですか？」と言った。研究室にやって来てから去るまでの間で、その答が敦志を最も驚かせた。

簑浦は、「僕は草食系に見えますか？」と言った。

敦志は、「見えるかどうかじゃなくて、そうなんだと思って驚いたんです。失礼します」と言って、研究室を後にした。

簑浦は、やって来た学生がなにに驚いたのかを考えずに、「自分は草食系男子に見えることもあるんだな」と思った。少し嬉しいような気がして、しかしよく考えると不愉快だった。「草食系男子」という問題がそれくらいデリケートな問題だということを、簑浦は改めて実感した。

(五)

敦志が驚いたのは、簑浦が無造作に「草食系男子ではない」と認めたからだった。

草食系男子が「女性に性的関心を持ちながら、それを満足させるための積極的行動に出ない男」だとすると、「そうではない」と言う簑浦は、「女性に対して性的関心を持って、その行動を全開にしている男」ということになる。研究室の中で女性スタッフの方を凝視していたのは、その全開行動の一つなのかもしれない。敦志は、見たくもない男の裸を見せられたようで、ギョッとした。

眼鏡を掛けただけの、瘠せてもいない、太ってもいない——印象が薄いと言うよりも、見た印象を残す必要があるのかないのか分からない男が、いきなり目の前で服を脱ぎ、裸になったような気がした。

他の場合だったらそんな気分にはならなかっただろう。草食系男子がどうのこうのと性行動の方面に立ち入った後だ。一方的に立ち入られた敦志が、「君は欲望が希薄だ、おかしいね」という方向へ押しやられて、その末に「これを見なさい」と言われて裸の男の体を見せつけられたような気がする。

敦志は改めて「ゲッ」と思った。もう自分が草食系男子であるかどうかは、どうでもいい。なんだか、突然知らない世界が開けてしまったようで、そのことにドギマギする。

一日前、友人に「お前、草食系だろ?」と言われる以前に、自分が「草食系」という囁かれ方をしていたらしいことは知っている。直接に言われないのが不愉快なところで、気にはしないつもりでも妙に気になってしまう。「自分はまだ明確な標的にはなっていないはず」という隔たりを確保して、「草食系男子とはなんだ?」と考えたりもした。

「いやな類には入りたくない」と思うから、その考え方はどうしても自己弁護的になってしまう。分かったのは、「自分はなんだか、一つの殻の中に閉じ籠もっているような気がする」ということだけだった。「自分は草食系男子と言われるようなものかもしれない」という方向へ押し流されるだけで、敦志は、「他人のことを草食系男子と言う草食系男子ではない男」がどんなものかを考えてはみなかった。仮に女性への関心が薄いとしても、男への関心はそれよりもずっと低いから、そんなことは当然だった。でも、その敦志の前に、いきなりコートの前を広げて裸の下半身を露出する男のような、「私は違いますよ」と言う簑浦の声があった。

すべての男は肉体を持っている——考えてみればそれだけのことなのだ。それだけのことは分かって、でもよく分からない。分からないのは敦志が、「自分はいくらでもいる男達の一人で、一人でしかない」ということを認められずにいるからだ。

どうして自分を「その他大勢の中の一人」と認められるだろうか？　まだ「挫折」というものを経験したわけでもないのに。

研究室のある建物を出ると、キャンパスは初夏の光で輝いている。歩いている学生達は、みんな服を着ている。敦志は、「めんどくさいことを考えても仕方がないな」と思って、学食のある建物へ向かった。二階のカフェに上がってアイスカフェラテを頼み、席を探すと、外を見渡す窓際に、同じ学科の種田朋美が一人で座っていた。

カフェの中はそう混み合ってもいない。近寄った敦志が「いいかな？」と言うと、朋美は「いいわよ」と言った。

種田朋美は女だが、それまでに彼女を「女」と意識して見たことはない。研究室では「女性に対してあまり関わりたくない」と答えてしまったが、敦志は、女性に話しかけられない男でも、女性に話しかけるのをためらう男でもない。

テーブルの両側には合わせて六脚の椅子が置かれていて、種田朋美はその窓側の椅子に座っている。敦志は、テーブルを挟んだ向かい側の椅子に腰を下ろして、アイスカフェラテの容器にストローを差し込むと、「へんなこと聞くけどさ」と、向かいの席の種田朋美に話し掛けた。

テーブルに広げた本の上に視線を落としていた朋美は、迷惑そうな様子も見せず、顔を上げて「なァに？」と言った。本のページを開いたまま、「紙の本は面倒なんだよな」と言って、本に付いている栞紐《しおりひも》をページの間に置いた。

「なによ？」と促す朋美に、「なに読んでるの？」と言うと、『種の起源』と答えた。

「なんで？」と問うと、「いいじゃない別に」の答が返った。

「おもしろいの？」と聞くと、「おもしろいよ」と言った。「昔の人はこういう風に考えるんだなと思ってさ」と言って、「で、なんなのよ？」と敦志に返した。

「うん。俺って、草食系だと思う？」と敦志が尋ねると、朋美は「なんだそりゃ？」と言って、「そんなこと分かるわけないじゃない」と続けた。

「見た感じはどう？」と重ねて尋ねると、「なんでそんなこと知りたいのよ？」と言った。

「今さ、社会心理学の研究室に行ってさ。草食系男子のリサーチしてるっていうからさ」と言うと、朋美は「なんでそんなとこ行ったのよ？」と突っ込んだ。

「土倉がさ、お前草食系だろ、行ってやれよって言って」と言うと、朋美はマジマジと敦志の顔を見ていた。そして、「草食系かどうかは知らないけどさ、あんたがバカだってことは分かるわよね」と言った。

「どうして？」と敦志が言うと、朋美は、「だって、草食系男子って、男に縁のないＯＬが言い出したことだよ」と、とんでもない即断をした。

驚いた敦志が「そうなの？」と言うと、朋美は若干の軌道修正をして、「そうとしか考えられないじゃない」と言った。

「だってさ、自分の方に迫って来ると思ってんでしょ、女は？　それなのに手を出さないから、草食系って言うんでしょ？　その女が、男の趣味に合わないだけかもしれないじゃない」

敦志は、「そういう考え方もあるのか」と言って、朋美を勢いづかせてしまった。

「あのさ、〝すべての男が自分に告《コク》るかもしれない〟っていう考え方は、間違ってると思わない？」

「なんだそれ？」

「つまりさァ、その男にやってもらいたいわけよ、女は。でもさ、その男はやってくれないわけよ。それだけの話なんだけど、女は男に問題があると思って、〝草食系男子〟とか言うわけでしょ。そんな、すべての男がどうしてお前とやりたがっていると思えるのかって」

朋美の嫌悪は、草食系男子にではなく、「草食系男子」という言葉を共有する女達へと明白に向けられている。

「いい歳過ぎるとさ、だんだん周りから男が減ってくと思うんだ」

「〝いい歳〟っていくつさ？」

「二十七とか、そんくらいなんじゃないの。それでシュートをはずす率が高くなってさ、〝自分のせいじゃなくて、相手のせいだ〟って思うんじゃないの？」

敦志が「どこかにそういうことって書いてあったの？」と言うと、朋美は、「河嶋くんは根拠を求めてるのか？」と、「くん」付けで敦志を呼んだ。

敦志は、「そう言えば、こいつはこういう女だったな」と、朋美のことを改めて思った。朋美の付ける「くん」は、親愛の情ではなくて、相手を低く見る「くん」だった。

朋美は、赤いフレームの眼鏡を掛けている。その点では「眼鏡少女」だが、敦志は朋美を「眼鏡少女」と思ったことがない。よく見れば赤いフレームの眼鏡を掛けているが、そう思わなければ「眼鏡を掛けている」とも思わない。ただ「そういう女」だ。性別が女であることは知っているが、「女」として意識したことがないから、ただ「そういう女」になってしまう。

「そういう女」をよく見ると、色が白い。赤いフレームの眼鏡を掛けている。眼鏡の中の目は一重瞼で、その瞳がどこを向いているのか、よくは分からない。顔は敦志の方を向いているが、目の焦点が敦志に合っているわけではない。

座っているところを正面から見ると、色白の顔は大きい方かもしれない。色白で、エラが張っているのかもしれない。別に太ってはいないが、首と顎の間に女性特有の柔らかい肉が付いている——そのことが不思議な気がする。

「河嶋くんは根拠を求めてるのか？」と言われて、別にそういうわけではなかったが、言われてみるとそうなのかなと思って、「そうかもしれないな」と言ってしまった。

朋美は、赤黒チェックの服を着ている。襟だけは白くて、縁にレースが付いている。その朋美が「ふーん」と言った。明らかな上から目線で敦志を見ている。

「なんで根拠なんかほしいの？　そんなのどうでもいいじゃない。根拠があってもなくても、多数派になれば、いつの間にか根拠があるみたいに考えちゃうんだからさ」と言った。敦志は、研究室で簔浦の言った「デマゴギー」の語を思い出したが、それよりも別のことがふっと浮かんだ。

「種田は、肉食系なの?」

目の前の朋美の顔を見ていたら、そんな気がした。

「肉食系なの?」と言われて、朋美は「そうだよ」と言った。

目の前で、なにかが大きく口を開けたような気がした。

㈥

「そうだよ」と言った朋美は、敦志を見ていた。それまでとは違って、なにかを見定めるような表情で、まじまじと見ていた。そして、「河嶋くんて草食系だよね」と言った。その「くん」に見下すようなトーンはなかった。親愛の情を示す「くん」だった。

敦志は、「どうして?」と言った。

朋美は、「私を誘わないから」と言って、それから「というわけじゃなくて」と付け加えた。

そして、「なんかそんな気がする」と言った。

敦志は、「さっき、草食系男子は女の捏造だって言ったじゃない」と言った。

「そうかもしれないけどさ、でもやっぱり河嶋くんは、草食系男子だと思うよ」と、朋美は言った。今度の「くん」は、敦志を微妙に遠ざける敬称の「くん」だった。

敦志はもう一度「どうして?」と言った。

朋美は、「今じゃなくてもさ、君は私のこと誘わないでしょ?」

敦志は「うん」と言いづらかった。

その敦志に向かって朋美は、「あ、この人は私と違うんだなと思ったの」と言った。

「私は肉食系で、それとは違うんだから、あんたは草食系でしょ。私だって、あんまりあんたとしたいとは思わないし」

「そういうことなのか」と敦志は思った。「なぜ彼女に欲望を感じないのだろう?」と思ってためらったのは、「ブスだから」という月並な答が頭に浮かんだからだ。

はっきり言って敦志には、朋美がブスなのかそうでないのか分からない。そう思う前に「女」で、朋美の前には「この一線を越えたくない」と思わせる壁があった。受け入れる部分は受け入れるが、受け入れたくない部分は受け入れたくない——敦志はそう思う。敦志は気づかないが、それは従来の男女の立場を逆転させたような考え方だった。

「男」であるような朋美は、敦志に対して、「お前は女だがあまりお前とやりたくはない」と言っていて、「女」である敦志はそれを聞いて安堵している。もしも敦志の中に「マゾヒストである男」が棲んでいたら朋美を求めただろうが、敦志は単純な「ただの男」だった。

朋美に対して欲望を感じないわけではないが、それは朋美によって性的充足感を得たいというものではなくて、朋美を押さえつけて屈伏させたい――男と女という立場とは無関係に、ただ相手の優位に立ちたいという願望だった。

「女性に対して性的関心はある」と言って、敦志の中にそれを裏付ける欲望があまり育ってはいない。自慰行為に対してさえ、自制作用を発揮してしまう。敦志にとって、性欲というのは「危険な爆薬」の一種なのだ。うかつに作動させれば爆発してしまう。

「男と女」という形で女と向き合って、敦志にはいいことがない。「女を立てる」ということがまずあって、そのままにすると、女に押し切られてしまう――性的なシチュエイションではなくても。敦志の中に眠っている性欲は、その抑圧を撥ね返そうとする爆薬で、野放しにするのは危険だ。敦志は、自分が自制の効かないサディストになってしまうことがこわいのだ。

「男と女の関係」を実践するのに必要な、内部的な暴力の度合が分からない。だから、それが発動しないように、ブレーキを掛けている――自分ではそのように理解をしていないが、人からそのように説明されれば「そうだ」とうなずける程度には、自分のあり方を理解している。そして、「それのどこがいけないんだ?」と思っている。

自分の中に自分でもよく分からない「隠し事」があって、それが知らない間に丸見えになっているような気がするから、「草食系男子」などとは言われたくないのだ。

（七）

「河嶋くんはさ、自分のことをなんだと思ってんの？」

「どういうこと？」

「だって、草食系男子って言われるのがいやなんでしょう？」

「いやだよ」と敦志は言って、「どうしてだろう？」と考えた。朋美も敦志に「どうして？」と言った。言われて敦志は、「男に縁のないOLが草食系男子と言い出した」という朋美の言葉を思い出した。「だからいやなんだろうな」と思って、それを口に出さなかった。代わりに、「種田はさァ、どうしてOLが嫌いなの？」と言った。朋美は、「嫌いじゃないよ」とは言わなかった。いたってあっさりと「自由すぎるじゃない」と言った。

「あんまり頭よくないのにさ、好き放題のこと言って、それが許されてるじゃない。いい加減大人なのにさ。それが私は昔からいやなの。私はああいう風になりたくないもの」

そう言って、テーブルに頬杖を突いて敦志の方を見詰めると、「河嶋くんはなにになりたいの？」と言った。

「なにって？」と言うと、「だって、草食系男子はいやなんでしょう？　自分は何系だと思うの?」

「何系ってねェ――」としばらく考えて、敦志は「枝豆系かな」と言った。

朋美は案の定、「なんだそれ?」と言った。

「今はまだ莢《さや》の中に入ってるけど、その内にポロッと出て来るんじゃないかなとか、そんな風に思ってるんだ」と敦志が言うと、朋美は「ふーん」と言った。「枝豆系か」と付け加えて、頬杖を突いたまま敦志の顔を見ていた。そして、「河嶋くんてさ、イケメンだよね」と言った。

敦志は「そんなことないだろう」と言いはしたが、心の中では「イケメンかもしれない」と思っていた。

敦志を見ている朋美の視線が、春のそよ風のようだった。

敦志の中で「モデラートな暴力」が目覚めかけていた。

「河嶋くんとはあんまりしたくないしさ」と、朋美は言っていた。「君は私のこと誘わないでしょ」と言っていた。でもその言葉は、「するんだったらしてもいいよ」という意味のようにも思えた。

「根拠なんかないんだ」と、敦志は思った。

そのままになっていたアイスカフェラテのストローに口をつけて吸い込んでから、敦志は、「その本、読んだら貸してよ」と言った。

朋美は、本を引っくり返して、背に貼ってある図書館のラベルを確かめた。

確かめるだけで「図書館の本だよ」とは言わず、「いいよ」と言った。そしてそのまま、敦志の目を見ていた。敦志も朋美の目を見て、椅子から立ち上がろうとはしなかった。

海と陸《おか》

㈠

健太郎が「写真撮ってもいい？」と聞くと、美保子は「いいよ」と言った。言うだけで、格別に笑顔を作ろうとはしなかった。

「俺は今、女とこんなところにいるぞ」とツイッターで言いたい健太郎は、美保子に向けた携帯電話のカメラを、目の前の海へ向けた。

健太郎がシャッターを押して、それとタイミングを合わせたわけではないだろうが、横で美保子は不気味なことを言った。

「私、こうやってると時々思うんだ。この海の下には、何万人の人が沈んでるんだなって――」

天気はいい。景色もいい。二人が腰を下ろした堤防の先はなだらかな緑の斜面で、その先には紺色の太平洋が白い波を立てて、午後の陽に輝いている。この女はなんのつもりでそんなことを言うのか。健太郎は、手にした携帯電話の中に水死体の犇《ひし》めく画像が収まってしまったような気がして、画像の確認をしなければならなかった。

「なんでそんなこと言うんだよ」と言うつもりで健太郎が横を向くと、それより先に美保子は、「そう思わない？」と言った。

「なんで？」と健太郎が言うと、美保子は、「だって、東北じゃ何万人の人間が津波で死んだじゃない」と言った。

健太郎はすかさず、「何万は死んでないぜ。大震災全体で行方不明を合わせても、二万は行ってないいんじゃないの」と言ったが、これに対して美保子は、「そうか——」と頷かなかった。黙って海の方へ顔を向け、キラキラ光る海の面《おもて》を眩しそうに見つめると、「日本海の方じゃ、津波って起こんないんだよね」と、ひとりごとのように言った。

なぜ美保子がそんなことを言うのか、健太郎には分からない。だから、「そんなことないよ」と言ってから、「北海道の奥尻沖で大地震があった時は大津波が来たじゃないか」と言った。美保子は、「そうか——」とは言わず、「そんなことあったの？」とも「奥尻沖ってどこ？」とも言わず、黙って健太郎の顔を見た。

日の当たる海際の堤防に若い男女が腰を下ろしていて、堤防に上がる階段の根方には水色のスクーターが駐めてある。それだけを見れば仲のいい男女の姿だが、健太郎と美保子は恋人同士なんかではない。なんでもない。同じ高校を卒業して、健太郎は地元の大学へ行き、美保子は美容学校へ行った。

休日の午後にスクーターを走らせていた健太郎は、JRの駅ビルの前にかつての同級生が立っているのを見た。卒業から一年半で、髪の毛の色が変わっていた。「違うかな?」と思いはしたが、どうやら違ってはいなかった。親しい関係ではなかったが、「知ってる女」ではあったので声を掛けた。

ヘルメットをはずした健太郎が、「よう、なにしてんの?」と言うと、美保子はかつての同級生の顔を「誰だっけ?」という表情で見てから、「別に、なんにも――」と答えた。格別に愛想はよくないが、健太郎を警戒しているような様子もなかった。

「乗らないか?」と誘うと、「どこ行くの?」と尋ねた。

「どこでも――」と健太郎が言うと、美保子は「海が見たい、かな――」と答えた。

健太郎の目を見て「海が見たい」と言ったわけではない。ぼんやりと遠くを見るようにして、「海が見たい、かな――」と言った。

スクーターで十分も飛ばせば海岸に着く。「いいよ」と言ってから、健太郎は「乗れよ」と言った。

美保子が女である以上、健太郎には下心がある。しかし美保子にはそんなものがない。ただぼんやりと突っ立っているところに路線バスが来て、行先を見たら「海行き」と書いてある。「乗ってもいいかな」と思って乗った――というようなものだった。

天気のいい日で、走らせるスクーターの後部座席には女が乗っている。その腕が自分の腰を抱えている。健太郎は上機嫌だったが、女がなにを考えているのかは分からなかった。

まだ強い秋の初めの陽の下で、コンクリートの堤防は白くて長い。海水浴客やサーファーで賑わうような場所ではないので、辺りに人影はない。太陽の下に嚙み合わない会話と、違和感のような間がある。黙ったまま視線を海の方に向けていた美保子が、健太郎に言った。

「私さァ、漁師になりたいんだ――」

いきなりそんなことを言われても、健太郎には「なんで？」としか言いようがない。

顔を海に向けたままの美保子は、「水産高校に行き直そうと思ったんだけど、ダメみたいでさ。それでしょうがないから、漁師の女房でもいいかなって思ってさ――」と言った。

やはり健太郎には、「なんで？」と言う以外に言いようがない。「なんで漁師になりたいんだ？たまたま会っただけの俺に、なんでこいつはそんなことを言うんだ？　俺は漁師じゃないぞ」と思った。思ってそれを口に出さず、かつてのクラスメイトに「田代は、美容師になりたかったんじゃないの？」と言った。「田代」の姓だけは、スクーターに乗せた後で思い出した。

健太郎の方に顔を向けた美保子は、「そうだよ」と言って、健太郎は「じゃ、なんで？」と言ったが、それを言いながら「こいつの下の名前はなんだったっけ?」と考えていた。

「知っている女」だから声を掛けた。かつての同級生だということは分かって、しかし名前は思い出せないままに声を掛けて、その後で「田代だ——」と思い出しはしたが、下の名前は分からなかった。思い出せないのか、初めからその記憶がないのか——。

すべての同級生の女子にフルネームがあるわけではない。あるのだとしたら、選別のための顔だけがある。高校時代に美保子は、「よその高校の男と付き合っている」と言われていた。駅ビルの前にぼんやりとした顔で立っている彼女を見た時、その記憶だけが甦った。妙に生々しい感じで、一人で立っている美保子の様子が、健太郎の目には「男を拒まない女」のように思えた。

(二)

「田代は、美容師になりたかったんじゃないの?」と言われ、「そうだよ」と答えた美保子は、海を見ながら言った。

「私ね、去年東北に行ったんだ。五月の連休の時と、それからその後で二回行った」

健太郎は、「なにしに?」とは言えなかった。

「なんにもなくてさ。私、すごく疲れてさ——。津波って、すごいよね。いくら片付けても全然終わらなくて、海なんか見えないとこなのに、〝津波ってここまで来たんだ。こんなとこまで来たんだ〟って。ずっと流されて——。なんにもなくなってるところがずっと続いてて、〝ここまで水が来て、ここにいた人達がみんな水に流されちゃったんだ〟と思うと、こわくなってさ——」

美保子の話を聞いて、「それでお前は漁師になりたいのか？」と健太郎は思わずに、「この女は東北までボランティアに行ったんだ」と思った。

小学校から中学まで、ボランティア活動は授業のカリキュラムに組み込まれていた。クラス全体で海岸まで歩いて行って、ゴミ拾いをした。田植えや稲刈りもした。それはいやではなかったが、老人ホームの慰問には少し戸惑った。知らない人を相手に、なにを話していいのかが分からなかった。普段は接点のない老人というものが、小学生の自分がやって来たのを見て、喜んでいるのかどうかもよく分からなかった。

外へ出て体を動かすものと思えば、ボランティア活動という授業時間はそういやなものではない。しかし、ボランティア活動は自分のためにするものではない。他人のためにするものだ。そうは思っていても、小学生の健太郎には、自分の生活圏の外側にいる「他人」というものがよく分からなかった。それは「関係のない人」で、「関係のない人」とどのような「関係」を持てばいいのかが分からなかった。

「他人」を前にしても落ち着かないだけで、表情のない老人の顔を間近に見ても、その相手とはコンタクトが取れない。「コンタクトを取りたい」という気持が湧かない。そう思う健太郎の胸の内を、表情のない老人の目が黙って覗き込んでいるような気がする。「いやだ」とまで言う気はないが、喜んでそれをしたいとは思わない。「授業」とはそういうものだ。

人間というものは、放っておいてもロクなものにはならないらしい。だから「善なるもの」となるように、社会奉仕でその方向付けをする——どうやらそういうものらしいと、中学生になった健太郎はぼんやりと理解はしたが、だからといって自分の中に「善なるもの」が芽生え、すくすくと伸びて行くようには思えなかった。

自分が「善なるものとなるべき道」を辿っていると思おうとしても、あまり説得力がない。自分に嘘をついているような気分になる。悪に走りたいわけでもない。「善」であることへのリアリティが湧かないのだ。みんなと同じように「よい子のなすべきこと」をやっていて、そのことが嫌いではなかったはずなのに、気がつくとそれをやっている自分が好きになれない。それをする自分に嘘臭さを感じてしまう。

高校に入って、授業のカリキュラムから社会奉仕のボランティア活動がなくなっているのを知った時は、少しだけほっとした。ボランティア活動自体は、依然「やるべきこと」として位置付けられていて、そのことにそっぽを向いていたわけではないが、学習成績と切り離されていることに安堵感のようなものを感じた。「もう点数稼ぎでよい子のふりをする必要はないのだ」と思って、「子供の時間」が終わったことを知った。「自分はそんなに善人ではないな」と思って、そう思えることに快感を覚えた――それと同時に、「自分はなにかに飢えていて、満たされていないのだ」ということも感じ始めた。

大震災が起こった時、健太郎はまだ高校に籍を置いていたが、卒業を待つだけの「終わってしまった高校生」だった。大震災のことは、友達と電話で話した。そのために電話をしたのではなく、友達から電話がかかって来て、そのついでに話した。東北の地から離れた場所に住む健太郎達の感じた揺れは「普通の地震」で、テレビで見た被災地の凄まじい映像に対して「すげェなァ」と言いはしても、それは「ショッキングな他人事」だった。「すごい」と思える距離感が健太郎を不安から守っていた。

卒業式のためにクラスのメンバーが学校へ集まった時、「被災地の人達のためになにかをしよう」という話になって、みんなで金を出し合って義援金を送った。「被災地の復旧の手助けのために、ボランティアとして現地へ行くべきではないか」という話も出た。しかし、被災直後の現地はまだ混沌としていて、「安易な気持でボランティアに来てくれるな」ということも言われていた。「ボランティアに行くならもう少したってからだ」ということにはなったが、卒業式を終わらせた健太郎とクラスメイト達には、もう日常的に顔を合わせる機会がなくなってしまった。だからすべてはそのままになった。

健太郎は、「東北へ三度もボランティアに行った」という美保子の言葉に驚いた。「被災地の人達のためになにかをしよう」と話し合っていた教室に、目の前の女もいたはずだとは思うのだが、その彼女が目立った発言をしたような記憶がない。いたのかいなかったのかも定かではない。よその高校の男と付き合っていた下の名前が不明な女は、クラスで積極的な発言をするような女ではなかったはずだ。

だから健太郎には、「東北へボランティアに行った」と言う女の胸の内が分からない。その他のことも分からない。「〝行った〟って、こいつは一人で東北に行ったのか？」ということくらいしか頭に浮かばない。「絆」という言葉があって、「がんばろう日本」というスローガンがまだあって、しかし一年半前に起こった大震災は、健太郎の中でもう過去のものになっていた。

そんな健太郎に向かって、美保子は話をする。健太郎の胸の内など、美保子にとってはどうでもいい。そこにかつてのクラスメイトがいて、いるからこそ話をする。海に向かってひとりごとを言っても仕方がない。

㈢

海を見ながら美保子が言った。

「私ね、海に勝ちたいの。こっちに帰って来て、海を見ていて思ったの——海に勝ちたいって。だって、癪じゃない？　海は、みんな持ってっちゃったんだよ」

健太郎は美保子の横顔をチラッと見て、「こいつはこういう女だったのか？」と思った。言うことはあちこちに飛ぶ。「海に勝ちたい」なんて、その言い方がおかしい。へんな正義感は強いみたいだが、言うことが一貫しているのかどうかは分からない。健太郎は唐突に「こいつの付き合ってた相手はヤンキーだったのか？」と思った。いかにもそれらしい。美保子の方も「そうだよ」と言いかねない表情で向き直って、健太郎に言った。

「地震が来たらさ、日本中どこでも大津波が来るじゃない？」

また話が飛んだ。

健太郎は、「日本中のどこにでも大津波が来るわけではないだろう」と思いはしたが、それを口に出して言おうとは思わなかった。健太郎の方に顔を向け、健太郎に話しかけているにしろ、美保子は健太郎のことを見ていない。ただ話したいことを、目の前にいる誰でもいい人間に話している。さすがの健太郎にも、もうそのことは分かった。

うなずくでもなく、なにかを言うでもなく、ただ黙って「言えよ」と顔で言っている健太郎に向かって、美保子は言った。

「津波が来てさ、それで逃げ出すのって、いやじゃない」

「いやだと言ったって、逃げなきゃ命はなくなるさ」と思ったが、健太郎は黙っていた。黙って、掌の中で手持ち無沙汰になっていた携帯電話を堤防の上に置いた。もう「俺は今、女とこんなところにいるぞ」というような状況ではない。同じ状況が「だから逃げ出したい」に変わっていた。

「どうすればここから帰れるかな。誰かからメールでも入って来ないかな」と思っている健太郎に、美保子は言った。

「ここだってさ、津波が来たら、堤防流されちゃうよ。私見たもん。津波って、堤防超えて来ちゃうんだよ」

そんなことなら健太郎だって知っている。津波が堤防を超えて襲いかかる映像はテレビで見た。最近の予測によれば、太平洋側に巨大地震が発生すれば、この地にも二十メートル規模の津波が押し寄せる可能性があるという。

海側から見れば健太郎と美保子のいる堤防はそそり立つ壁だが、陸側から見れば二メートルほどの高さしかない。階段は陸側にだけあって、その脇を広い国道が通っている。通るのは大型トラックや軽トラックが中心で、普通乗用車の数は少ない。国道を渡ったところにはかなりの空地もあって、かつては潮風の吹き抜ける海岸だった名残りの高い松の木も立っている。その松林に白い標示板が立っていて、赤字で「ここは海抜十五メートル」と書いてある。二十メートルの津波が来れば、すべては呑み込まれてひとたまりもない。

美保子の言葉でチラッと後ろを見た健太郎は、赤く書かれた案の定の数字を見て、言うべき言葉が出て来ない。「そんなこと知っているさ」も、「お前に教えられたくないさ」も——。

健太郎の相槌を期待しない美保子は一人で喋る。海を見て、健太郎を見て。

「普段は海とは関係ない顔をしててさ、津波の時だけ〝海が来た！〟って騒ぐの、いやじゃない？　だから私さ、漁師になりたいの。漁師になって、海と戦いたいの」

もしも健太郎がメルヴィルの『白鯨』を知っていたら、「お前はエイハブ船長か」と突っ込むことも出来ただろうが、生憎と健太郎にはそんな知識がなかった。その代わりに、自分がテレビドラマの中に迷い込んでしまったような気がした。

海を背景にして、思いつめたような顔をした女がなにかを懸命になって喋っている。悲しい宿命を抱えた女が自分の背景を語るサスペンス物ではなくて、なんだか分からない女性向けのドラマだ。なにかを抱えた女が、地味になにかを語っている。時々母親がそんなドラマを一人で見ている。夜遅くにそんなドラマを一人で見ている母親の胸の内が分からない。と言うよりも、分かりたくない。

母親がなにか面倒臭いものを抱えているらしいことは、その真剣な食い入るような表情から分かる。なにか話しかけると、「邪魔しないで」と言うように、片手で息子を追い払う。そのそばに父親はいない。自分の胸の内になにかを集中させているような母親のそばにいてもしょうがないと分かっているのだろう。

健太郎は、その母親を内心で嘲っている。ただのオバサンでしかない母親が、自分の胸の中の面倒臭いものを突つき出しても仕方がないだろうと思っている。いかにも「私は面倒臭いものを抱えています」という顔をしてテレビに見入っている母親が、次の日になれば、なんの問題意識もないただの騒がしいだけのオバサンになっていることを、健太郎は知っている。だから、「それなのに、なにを?」と思う。「ただのオバサン」でしかないからこそ、そうはなりきっていない自分の胸の内を見詰めたがる母親の胸の内など、まだ若い息子には分からない。分かりたくない。分かって、ロクなことがあるとも思えない。

目の前の女もそんな「なにか」を抱えているらしい。だから「海と戦いたい」などと言うのだろうが、なんのことだかよく分からない。

さすがの美保子もその辺りは分かるのだろう。健太郎になにかを説明しようとして、「知ってるよ」と言った。

「知ってるよ。漁師って、海と戦うもんじゃないよ。海と付き合うもんだよ。でも、海は時々襲って来るんだ。仲良くなんか出来ない。帰ってこっちで海見てたら、そう思った。分かる?」

唐突であることに変わりはないが、「分かる?」と言われて、健太郎は初めて美保子から話し掛けられたような気がした。「分かる?」と言われれば「うん」と言いたい。しかし実のところは、なにを分かればいいのかが分からない。

「私ね、海から逃げたくないの。海のそばに生まれて、海の近くに住んでて、私全然、海と付き合ってなかったなって思ったの。それで私、海見てて、漁師になりたいって思ったの」

分からないことに変わりはないが、健太郎は初めて「分かるよ」と言いたくなった。

上体を傾けた美保子は、腰を下ろしている堤防の縁《へり》を両手でつかんで、海に向かって相槌を求めているようだった。

㈣

「田代は、下の名前なんていうの?」と健太郎が言った。

「私? 美保子。田代美保子だよ。八木くんは? 八木くんだよね?」

「そうだよ。八木健太郎」

「八木くんはさ、なんで私に声なんか掛けたの?」

「なんか、ぼんやりと立ってたからさ。なにしてたの?」

「別になにも、買物でもしようかなと思ってただけ」

話はやっと「初めまして」というところに戻った。三年間同じ教室にいて、二人は互いに相手のことをなんにも知らなかった。知らないまま、「同級生」だった。

美保子の顔からはへんな生々しさが消えていた。茶髪の下の顔は色白のやや下膨れで、「美人」という顔ではない。美容学校へ行っているはずだが、さしてメイクもしていない。それでも、午後の光の中で魅力的に思えた。

美保子もまた、「うろ覚えのどうでもいい相手」として接していた健太郎の顔を、真っ直ぐに見ていた。

「田代は、なんで東北に行ったの？」と、健太郎は尋ねた。

言われて美保子は、少しばかり首を傾げた。

「なんでって――。なんで行ったのかな？　大変だと思って――。行かなくちゃいけないと思って――。あ、ほら、卒業式の前に、みんなで〝行こう〟って言ってたじゃない。だから――。あれ、どうなったの？」

「知らない。行く奴は行ったのかもしれないけど、俺は行かなかったし――」

そう言って健太郎は、美保子を見た。

「行ったって、田代は一人で行ったの？」

「うん。みんなから連絡なかったし、ネット見てたら〝人が足りない〟って言ってたから、それで〝行かなきゃいけないな〟って思ったの」

「どうして？」と健太郎は言った。

「大変だ」は分かったし、「行かなきゃいけないのかもしれない」とは思ったが、それが健太郎の中で「行こう」という形を取らなかった。だから健太郎は、目の前にいる女がどうして「行く」という選択をしたのかが知りたかった。どうしてすぐに「行こう」という選択が出来たのか。「どうして？」と言われた美保子は、「なんで？」という顔をして健太郎を見た。美保子にすれば、「どうして？」という質問が来ること自体がよく分からなかった。

「どうしてって——」と言った美保子は、少し考えてから、「だって、可哀想じゃない」と言った。それから、「大変だし——」と付け加えた。

その答が、健太郎には不思議に響いた。

「可哀想なのか——」と、健太郎は呟くように言って、美保子は「いけない？」と怪訝そうな顔をして言った。

「別にいけないっていうんじゃなくて、そういうのもあるんだなって、思っただけだよ」と言うと、美保子は「〝そういうの〟って？」と聞き返した。

「うん、つまりさ——」と言って、健太郎は言葉に詰まった。うっかり聞き返されると言えなくなってしまうこともある。美保子に聞き返されて、健太郎は「他人の不幸に反応出来ない自分」がいることに気がついた。

なんだかいやな気がする。それを目の前のクラスメイトだった女に咎められたくない。

しかし美保子は、言葉に詰まった健太郎をそれ以上追い詰めようとはしなかった。

「私ね、高校の時に付き合ってた人がいたの」と美保子は言って、健太郎は声に出さずに「知ってるよ」と思った。

「うちの高校じゃなくて、付き合ってたんだけど、彼、東京の学校に行くって言って、別れたの。ほんとはその前から終わってたのって分かってたから、〝別れよう〟って言われて、〝いいよ〟って言ったの。言った後でずっと我慢してて、でも、つらかった」

健太郎に「好きだったの?」と言われると、「好きだったよ」と美保子は答えた。

「好きだったけど、でもそういうのとちょっと違う。彼の気持が離れてたのは、その前から分かってたから。他の女と付き合いたがってるとか、そういうのじゃなくて、なんだか知らないけど〝もう終わってるのかもしれない〟って感じてたから」

「どうして?」

「付き合ってれば分かるよ」

女と付き合ったことのない健太郎にはその感覚が分からなかったが、自分の話を始めてしまった美保子は、健太郎の気持を斟酌《しんしゃく》してはくれなかった。

「分かってたし、〝東京の学校行く〟って言ってたから、〝しょうがないな〟と思って〝いいよ〟って言ったけど、やっぱりよくなかった。分かってたのに、なんか、悲しかった。でも、平気だと思ってた。そしたら津波がやって来て、原発、事故起こして、〝東京へ行くなんて言って大丈夫かな〟と思って電話したら、もう他人だった。〝なんだよ?〟って言うから、〝東京行って、放射能って大丈夫?〟って言ったら、〝平気だろ〟って言って。それから〝なんか用かよ〟って言うから、私は〝別に〟って言って、それでおしまいになったんだけど、それ言われて、なんか一人でいるのがこわくなった――」

「どうして?」

「だって、海から黒い水が来るんだよ。それがすごくこわいの。真っ黒な水がやって来てみんな流しちゃうの。車だって家だって――。みんな水の中に流されてなくなっちゃうの。見ててすごくこわい。雪だって降ってたし。あんなに寒くてしょうがないとこに水がやって来て、家とかなんとかみんな持ってっちゃうの見てたら気の毒で。気の毒だと思ったら体がガタガタ震えてて、お母さんに〝どうしたの?〟って言われた。お母さん、普通にしてたけど私はこわくて、それで、もしかしたら私、一人でいるのがいやだったから、彼に電話をしたんじゃないかと思う」

健太郎は束の間、見知らぬ男に抱かれている美保子の姿を思って欲情した。

美保子は、「自分は言わなくてもいいことを言ったのかもしれない」とは思わない。ただ思い出すままに自分の言いたいことだけを口にした。

「だから私、学校でみんなが〝なんとかしなきゃいけないね〟って言ってた時も、〝なんとかしなくちゃいけないんだな〟とは思ったけど、なんにも言えなかった」

「どうして?」と健太郎が聞くと、「なんかやっぱり、こわかったんだと思う」と美保子は言った。

「水が押し寄せて来たのが?」と言うと、「うん」と頷いた。

「原発はこわくなかったの?」と言うと、首を傾げて「あんまり――」と言った。

もちろん健太郎は津波の映像を覚えている。しかし美保子の言うような「真っ黒な水」という記憶はない。冷たそうな灰色の水の中を家が流されて行った。「すげェな」と思いながらそれを見た。町を呑み込んだ水の表面に大量の白い泡が生まれていた。それを不思議に記憶している。

暗い海の上で流出した原油が燃えていた。原発が爆発して、曇り空に白い蒸気が噴き上がっていた。ネットには「今の原発事故に関して伝えられる情報は嘘だ」とか「政府は情報操作をして真実を隠蔽しようとしている」という類の情報が氾濫していて、健太郎は「すげェ」と思いながらその情報を追っていた。

なにが「すごい」のかと言えば、政府があからさまに情報操作をしていてもおかしくないような状況が現実に出現していることで、「政府が情報操作をしているかもしれない」という情報さえもが虚《きょ》であるようなパニックが、ネットの中で起きているそのことだった。

健太郎の住む家から西に四十キロほど行った海岸には、原子力発電所がある。普段はその存在を気にも留めないでいたような原発に対して、母親は「大丈夫かしら?」と不安がった。「大丈夫だろ」と健太郎は言って、放射能が飛んで来る心配のない場所で、遠い福島の原発が生み出した騒ぎを注視していた。

(五)

「なんで原発は平気なの?」と言うと、美保子は、「平気じゃないけど、原発は全部を持ってったりしないいじゃない」と言った。

「大変だとは思うんだ。放射能がやって来たら人は逃げなきゃなんないし、放射能はこわいし。でも、放射能がやって来て人が避難して誰もいなくなっても、家とかはそのまんまで残るわけじゃない？　放射能がいいなんて全然思わないけど、なんでも持ってってなんにもなくしちゃう津波の方が、私はこわかったの」

そう言って美保子の目は健太郎に向けられた——まるで「あなたはこわくなかったの？」と言うように。

しかし美保子は、健太郎の言葉を待たなかった。目の前にいる相手に話すというのではなく、目の前に人がいて、だからこそ自分の中に溜っていたことが吐き出せるというような感じで、自分の胸の内を語り始めた。

「私、こわいなって思ってて、それじゃいけないなと思って、東北に行ったの。東北の人は困ってて、私は別になんにも困ってないのに「こわい」って思ってて、それじゃいけないと思ったの。東京から東北行きのボランティアのバスが出てるって分かったから、自分で寝袋とか長靴買って、リュック背負って行ったの。着くまでは心配だった。「自分はなにが出来るかな」って思って、隣りに座った人と話も出来なかったけど、向こうに着いたらそんなこと関係ないんだよね。すごく眠かったの覚えてる。出発したのまだ暗かったたし、家出たのもっと前で、そんなに眠ってなくて、バスの中でうとうとしてたから、かえって眠くて。東北だから、バス降りるとちょっと寒くて、でもバスの中で「降りたらどうするか」って話聞いてたから、すぐに瓦礫撤去に行ったの。

なんにもないんだよね。ほんとになんにもないの。下見ると、地面がモザイクみたいな色んな色になって散らばってて、それだけでなんにもないの。こわいくらいに空が大きくて、晴れてたんだけど、その空がのしかかって来るみたいでこわいの。こわいけど、そんなこと考えてもどうにもなんないから、地面を見てた。

瓦礫の撤去って、ほんとはなにしたらいいのか分かんないの。だって、地面見たらみんな瓦礫なんだもん。よく考えたら私、家が壊れたところになんて行ったことがないんだもの。初めて見た時、なんにもなくなってるのがこわかったけど、なんにもなくなったわけじゃなくて、壊れてそのままになってるのが瓦礫なんだ。

なんにも分からないから、「そこら辺のもの片付けて」って言われて、木のかけらみたいの持って、「どこ置くんですか?」って聞いて、「そこら辺に置いといて」って、置いとく場所聞いて、でも、片付けた瓦礫とそのまんまになってるところって、初めは区別がつかないんだ。だって、周りはみんな瓦礫がゴロゴロ転がってんだもの。男の人は大きなコンクリートのブロック抱えて、「よいしょ」って運んでて、それ見て私、「ああ、あれも瓦礫なんだ」って分かったの。初めっからそうなってたんじゃなくて、津波が来たからぶっ壊されて、みんな瓦礫になっちゃったの。津波の跡で、なんだか分からない地面丸出しになっているそこんところが、みんな片付けなきゃいけない瓦礫だってことが分かって、なんか、「どうすりゃいいんだろう?」って思った。

でもみんな、黙ってやってるし、片付け始めたらなんにも考えられなくなっちゃう。石とかどけてたら、下から赤い子供のバッグみたいのが出て来て、私、瞬間「あ、ごみ──」って思っちゃったんだけど、そうじゃないよね。誰かがそこに生きてたわけでしょ。そこに津波がやって来てみんな流されて、それで砂だらけになって残ってたわけだから。私、瓦礫の撤去って、ただ撤去じゃなくて、そういうのを探すのもしなきゃいけないんだって、やっと気がついたの。

でもさ、そういうことやってて、二回目か三回目に行った時に、「私、なにやってたんだろう?」って思ったの。だって、瓦礫を撤去するって、そこにもう一遍家を建てるためでしょう? 私はそう思ってたの。そこで暮らすんだから、そこの人助けなくちゃって。でも、津波が来たとこって、もう人が住まないんだよね。住むのか住まないのかがまだ分かんなくて、そこに家建てて住んでいいのかどうかって、許可が出ないんだって。だから、瓦礫の撤去が終わっても、そこはそのまんまなんだ。なんでそんなことするんだろうって思った。だって、なんにもないまんまだよ。

なにもないまんま、瓦礫みたいなコンクリートの土台があって、草だけが生えてるの。「全然変わってないじゃん」て私思って、そこに人が住んでた町があったのに、なんにもないの。瓦礫の撤去は終わったみたいなのに、でもまだなんにもないの。「ここどうすんですか?」って聞いたら、「まだ決まってないからよく分かんない」って。人が住んでたとこなのに、もう「住んじゃいけない」ってことになって、なんにもなくてそのまんまなの。

丘みたいになってるところを下ってくと、なんにもないの。ずーっとなんにもなくて、その先に海があるの。朝とか夕方とか昼とか、堤防とか港の跡とか、そういうコンクリートの上に立って黙って海見てる人が時々いたの。初め、私なんにも知らないから、「どうしたんですか?」って言ったの。その人、おばあさんだったんだけど、「海をな――、つれェけどな、見てるの――」って言ったの。

「誰か亡くなったんですか?」って言ったら、「みんな、な――」って。私、昼休みだったから、「おばあさん、あんなとこでなにしてんだろう?」と思って、行って聞いたんだけど、なんか、聞いちゃいけないこと聞いたみたいな気がして。そしたらおばあさん私に、「どこから来たね?」って聞いてくれた。

私が「ここから」って言ったら、おばあさんよく分かんないらしくて、私がここの説明したら、「そんなに遠い所からよくもな」って言ってくれて、私、「大変だから手伝いに行かなくちゃと思って、来たのになんにも出来なくてすいません」て言ったら、「来てくれただけでいいのよ。ありがとう」って言ってくれて、私、ほんとにどうしていいか分かんなくなって、それで「すいません」て言ったら、おばあさん、「そんなこと言わなくていいから」って言って、私に「学生さんかい?」って言ったの。私が「美容学校の生徒です」って言ったら、「そうかい。ご苦労さん」って言って、「私、来たってなんにも出来ないんです」って言ったら、「美容学校の生徒さんだったら、避難所に髪切ってもらいたがってる人はいくらでもいるしな」って言って。「あ、そうか」って思ったけど、私、そんなこと分かんなかったから、ハサミとかそういうもの持って来てなくて、「ほんとにバカだな」って思った。持って来たって、ちゃんとカットが出来たかどうかは分かんないけど、避難所に髪切ってもらいたい人がいるっていうんだから、私の出来ること、いくらでもあるじゃない？

それでおばあさんに、「今度来る時ハサミ持って来て、避難所の人のカットしてあげます」って言ったら、嬉しそうにして、「じゃ、私も頼ましてもらおう」って。私は「自分でも人の役に立つことがあるんだ」って思って、本当に嬉しくなった。

それで、私おばあさんと一緒に歩いてて、おばあさん、なんにもないところを指して、「ここの角には、前なにがあった」とか、「ここの通りには店が並んでて」とかを教えてくれて、それで私、「そうか、ここは前、道だったんだ」って、やっと気がついた。

瓦礫がゴロゴロ転がってて、そこに歩ける「道」があるから歩いてんだけど、それがほんとに「道」で、両側にお店とかが建ってたって、そういうことが分かんなくて――。ただ「なんにもない」って思ってたけど、そこにあったものがなくなっちゃって、「こういうものがあった、こういうものがあった」って言われると、本当にこわくなって、「あったもんがなくなっちゃうってどういうことなんだろう？」って考えそうになったけど、なんか、こわくて考えられなかった。

「おばあさん家はどこなんですか？」って聞いたら、坂になってる上の方指して、「あそこだったけど、引き波にみんな持ってかれたから、なんにもない」って。「おじいさんもいなくなった」って――。

なんか、そういうのが当たり前だからこわい。なんにもなくなって、すごくこわい思いして、でも、いつまでも「こわい」って思ってられなくて、いつの間にか当たり前に生きて行かなくちゃならないのって、どういうことなんだろうと思うと、考えられなくて――。

㈥

「それで、また行ったんでしょう？」と健太郎が言うと、美保子は「うん」と言った。「なんで？」と健太郎が聞き返すと、「おばあさんと約束したから」と美保子は答えた。

次行った時は、雨降ってた。雨ってやだよ。みんな泣いてるみたいな気がした。私、寝袋だけでテント持ってないから、寝る時どうしようって思った。でも、もう仮設とかも出来始めてたから、避難所にいた人も減ってて、そのおばあさんまだ避難所にいたんだけど、「濡れるから、夜はここで寝ればいい」って言ってくれたの。

約束だから、私、おばあさんのカットしてあげようと思ったんだけど、そう言って見たら、おばあさんの髪の毛そんなに伸びてないの。「伸びてないですね」って言ったら、ボランティアで美容学校の生徒が何人も来て、みんなでカットしたんだって。「せっかく来たんだから」ってカットさせてもらったけど、私、なんにもすることないなって思った。

雨降ってて、外に出られないでしょ。避難所にいる人とおんなじ。ぼやんとしててさ。次の日雨やんで、町に出て——町って、前に町のあったとこだけどさ、なんにもないとこに雨が降って、泥がくっついて。そこ行ったけど、「私って、なんの役にも立たないな」って——。

避難所に「美容院やってた」っておばさんがいたの。「みんな流されちゃった」って言うから、私、持ってってたハサミとか、みんなおばさんにあげちゃった。私が持ってるより役に立つし、私は、こっちに帰って来てまた買い直せばいいから——。

帰って来て、そんな話お母さんにしたら、「なんで行くの?」って言われた。「そんなつらい思いをして、なんであんたが行かなきゃいけないのよ」って。「あんた一人が行かなくったって、どうってことないでしょ」って。そうなんだけど、なんだろう? やっぱり行った。

「また来る」って、おばあさんや美容院のおばさんに言ったから、夏休みになってまた行ったの。もう避難所は閉じてて、おばあさんも美容院のおばさんも仮設に入ってた。お母さんからお土産もらってたから、それ持っておばあさんとこに行って、「ああ、よく来たね」って喜んでもらえたけど、なんにもすることないんだ。

おばあさん、おじいさんと二人でいたんだけど、おじいさんが津波で流されて、結婚した娘さんも離れたところにいたんだけど、お孫さんもやっぱり津波で行方不明で、孫の女の子は中学生で、私より年下だけど、私のこと「なんだか孫みたいな気がする」って言って、「来てくれただけで嬉しい」って言った。でもさ、私、なにしに行ったのかよく分かんなくて。

丘の上に仮設住宅は建ってても、でも、海の方に行くと、やっぱりなんにもないの。私、仮設からおばあさんと一緒に見に行ったんだけど、初めて来た時からなんにも変わってないみたいに思えた。津波が来てからもう四ヶ月はたってたから、そこら辺の瓦礫の撤去って大体もう終わってんだけど、でもそれだけでなんにもないまんまなの。

私、「どうしてこのまんま、変わってないんですか？」っておばあさんに聞いたら、そこにまだ家を建てていいかどうか決まってないって。「だって、自分の家の建ってたとこでしょ」って言ったら、「また津波が来たら水没する危険地域だ」って言うの。「じゃ、どこに住むんですか？」って言ったら、「分かんない」って。「二年は仮設にいられるけどな」って言って、私、それ以上は聞けなかった。

だって、おばあさん七十過ぎててさ、一人じゃもう家建てらんないでしょ。娘さんが「一緒に住もう」って言ってくれてるんだって言ってたけど、おばあさん、自分の家のあったところから離れたくないみたい。「一緒に住もうって言うんだけどな」って言って、おばあさんそのまんま海見てた。私、なんとなくその気持、分かるような気がした。

遠くの方からおばあさんと二人で海見てたら、ずっと先の堤防みたいなところに男の人が立ってた。前におばあさんが立って海見てたのとおんなじように、立って海見てた。一人で立って海見てる人、何回か見たけど、その時は私、「あそこにいるの私だ」って思った。どうしたらいいか分かんなくて、ぼんやり立って海見てるの。

なんにもすることないわけじゃないんだよ。ボランティアの人まだいて、私は一緒に買物のボランティアした。仮設に入って自分でなんでもしなきゃいけなくなって、でも仮設の周りなんにもないから、足の悪いおばあさんなんか買物に行くの大変で、私はそういうのの代わりをしてたんだけど、でもやっぱり、前みたいにすることって、そんなにないの。避難所があった時は、みんなが一緒にいて、大変だったけど忙しくて。でも、みんなが仮設に入ったら、しんとしてる。なんか、全部が片付きはしてるんだけど、でも津波の来たところがなんにもないことに変わりはないの。きれいになって、なんにもないの。

私、すぐにすることなくなって、一人で歩いて海の方まで行った。もちろん、前から海の匂いはしてたけど、前だと土とか埃とか、そういうのが強くて、あんまり海のいい匂いがしなかった。それがきれいに片付いて静かだったから、海のいい匂いがした。

水は青くて澄んでて、ここら辺の色とはちょっと違うんだ。もうちょっと冷たそうな感じがして、きれいに澄んでる。でも、コンクリートの堤防の上に立って水の中覗くと、澄んだ水の中になにかが沈んでる。大きな材木とか、コンクリートとか――。

おばあさん、「引き波にみんな持ってかれた」って言ってたけど、それってこういうことなんだなって――。

(七)

「こわくって――」と美保子が言いかけた時、健太郎が言った。

「なんでそんなとこ行ったの?」

美保子はすかさず、「分かんない」と言った。

健太郎にしてみれば、美保子のしたことはボランティアなんかじゃない――ボランティアかもしれないが、自分で自分をつらい方に追い込んでいるようにしか思えない。だから健太郎は、「なぜお前はそんな選択をしたのか?」と問うつもりで、「なんでそんなとこ行ったの?」と言った。

美保子は「分からない」と言った。その答を聞いて、健太郎には美保子の胸の内がぼんやりと分かるような気がした。

高校生活の終わり頃に付き合ってる男と別れた。そこに恐ろしい災害がやって来て、彼女は「そこに行かなければいけないのではないか」と思った――美保子の言うことをまとめると、どうもそうらしい。

どうもそうらしいが、そんな失意体験のない健太郎には、そんな選択をする美保子の胸の内が分からない。よく分からない数学の問題の解答例を見せられて、「そうなのか」と思いはしてもなにも分からないままでいるのと同じで、分かることがなんの意味も持たない。そして不思議なことに、健太郎の中には目の前にいる美保子を「へんな女、めんどくさい女」として拒絶する心が生まれなかった。健太郎の目の前にいる女は、「なにも出来ない自分」という正体にぶつかって行く女で、彼女を拒絶出来ない健太郎の中にももちろん、「なにも出来ない健太郎」がいた。

美保子は、自分がなぜそんなネガティヴな心理状態に陥ったのかを説明出来ない。それが恋を失った喪失感によるものなのか、そうではないのか――ただ「大変だ、手伝わなきゃ」と思って行っただけのことが、どうして自分の無能を責める結果になるのかが分からない。しかし、それでよかった。もしも美保子が自分の心理状態を説明する言葉を持ち合わせていたら、健太郎は美保子を「なんだこの女は?」と思って拒んだだろう。美保子も健太郎も、まだ二十歳になるかならぬかという年頃の若者だった。

「なんでそんなとこ行ったの?」という健太郎の問いに「分かんない」と答えた美保子は、「その後のこと」を語り始めた。

「私、こっち帰って来て、しばらくは精神状態が落ち着かなかったみたい」

「どうして?」

「やっぱり、なんかこわかったの――」

「なにが?」

「津波。なんでも持ってっちゃう津波がガーッて押し寄せて来ると思ったら、こわくて。こっち帰って来て、〝海があるな〟と思ったら、その海がワーッて押し寄せて来るような気がして――。こっちこわかったから海見に行った。でも、こっちの海にはなんにも沈んでないし、堤防だって壊れてないし。ただこうやって、海が青いだけじゃない? 何万人の人が海に沈んでるのかもしれないなって私思って、あんまりそんな風に考えない方がいいなと思って、私、なんでこんなこと考えてるんだろうって思ったの」

「なんで?」

「私、自分がなんにも出来なくて無能なのがこわかったの――。て言うか、無能だからこわかった。私、自分がもっとなにか出来るって思ってたの――そうだったんだなって、気がついたの」

そう言うと美保子は、思いきり健太郎に向き直って、「ねェ、東北が復興しないって、私のせいじゃないよね?」と言った。

健太郎は慌てて、「もちろんそうじゃないよ」と言った。

「でも私さ、なんか、自分のせいだと思ってたの。なんにもないところがダーッと広がってて、どうしたらいいか分かんなくて、どうすればいいんだろうと思って、でも〝なんとかしなくちゃいけないんだ〟って思ったの。でもさ、やっぱりなんにも出来なくて、なんか、すごく悲しくなったの」

美保子の自責は相変わらずだったが、その時に健太郎はやっと助けの声を出した——。

「田代はそう言うけどさ、やっぱり田代はなんかの役に立ってたんだと思うよ。だっておばあさんは、田代が来るのを喜んでたんだろ？」

美保子は「うん、そうだよ」と言ったが、そこに打ちひしがれたような表情はなかった。美保子の中ではもうなにかが終わっていて、健太郎はそこに追いついただけのようだった。

「俺なんかさ、なんにもしないじゃない？　ただ見てただけだしさ。遠くでなんにもしないで見てただけなのに、田代は一人で行ったわけだろう？　だったら俺なんかよりずっと偉いし、田代のしたことはなんかの役に立ってたんだと思うよ」

それを言われて、美保子は別に両手を顔に当てて泣き出したりはしなかった。ただ当たり前に「うん」と言って、「分かってるよ」と言った。美保子にとって健太郎は、それほど大きな存在ではなかった。ただの「通りすがり」に近い男だった。そして、美保子とは逆に、健太郎の方がおかしくなった。自分が「感動的なこと」を言ってしまったことに感動して、健太郎の目頭が熱くなった。

自分は大震災に対してなにもしていない。なにかをしたような気になって、しかしなにもしていない。そのことを白状して、うっかり目頭が熱くなった。

自分がなにもしていないことを自慢する気はない。それを隠そうという気も、あるというよりはない。隠したいのは、なにもしない自分が、実はなにも出来ない無能さを抱えた人間だということだった。

東北の地に「行った」と「行っていない」の違いはあっても、美保子と健太郎の間には根本的な違いがない。二人とも、「自分はなにかが出来る」と思っていて、その実はなにも出来ない無能さを抱えている人間なのだ。

「無能」とは、「現在」以外の選択肢を持たぬままにあることで、能力の問題ではない。若い二人は地続きの現実を歩いて、その内に現実の途切れたところに行き当たった。津波にさらわれて行き止まりになった突堤に立って、その先に広がる海を見つめるしかないように。

美保子は、自分を無能にするその「海」へがむしゃらに入って行った。健太郎は、その「海」に近付かぬよう、遠くから見ていた。違いはそれだけで、先に進めない「無能」を抱えていることは同じだった。

自分がなにもしていないことを白状して楽になった健太郎は、美保子を慰めた。しかし、美保子の方では、別に健太郎に慰められたいとは思っていなかった。だから、「田代のしたことはなんかの役に立ってたんだと思うよ」と言われても、「うん」で「分かってるよ」だった。なにも始まらないと言えばなにも始まらない。健太郎はただ、「この堤防から、もうどこか別の所に行ってもいいんじゃないか」と思っていた。

「ここ、眩しくない？　暑いし」と、健太郎は今更ながらのことを言った。そうして、「どっか行かない？」と言うつもりだった。

美保子は、「眩しくて暑い」ということに関しては「うん」と言ったが、それだけで相変わらずの話を続けた。

「こっちって、普通じゃない？　東北って、ひどいじゃない。〝もう東北行ってもしょうがないな〟と思って行かなくなって、こっちで私、そのギャップに苦しんだの。どうやらそうなんだって、今年の春くらいに海見てて思ったの。〝地震が来たらどうしよう、津波が来たらどうしよう〟って思ったって、来ないじゃない。なんとかしなくちゃいけないと思ったって、なんとかのしようがないじゃない。街ん中きれいだし、片付けなきゃいけない瓦礫なんてないしさ。私、〝ここでどうやって生きてけばいいのか〟って考えたら、また分からなくなった――」

さすがの健太郎も面倒になって、「なんか、忙しいんだな」と言った。美保子はそれに初めて笑い声を出して、「そうなの」と言った。

「それで私、海見てて、〝漁師になればいいんだ〟って思ったの」

「それで、水産高校に入り直そうと思ったんだけど、もうだめだから、漁師と結婚すればいいって思ったんだ」

健太郎の合いの手に、美保子は「そうそう」と、笑いながら言った。

「漁師は海と戦ってるから、漁師になればいいと思ったの。だめなら〝漁師の女房だな〟って」と言う美保子に、健太郎は、「じゃ、東北行くの?」と言ったが、美保子は「ううん」と言った。

「悪いけど、東北こわいし」

「じゃ、田代は、こっちで漁師と結婚すんの?」と健太郎が言うと、美保子は「ここって、漁師いる?」と不思議なことを言った。

「いるだろう。港あるしさ」と言うと、美保子は、「だって、港の船って、みんな遠洋漁業でしょう? 私、そういう漁師と結婚するつもりないもん」と言った。

「そうじゃない漁師だっているだろう。小さな漁船だってあるしさ」と言うと、「やっぱしここじゃいや。コンクリートだらけだもん」と美保子は言った。

「私の夢はね、小さい漁港の漁師なの。松の木が生えてて、きれいな入江でね、小さい船に乗って、二人で漁に行きたい。そういうことやってる人テレビで見て、私もあれやりたいって思った。だからね、そういう港町のあるとこに行ってね、美容師になるの。美容師になって、漁師のお兄さんゲットするの。いいでしょ?」

健太郎はしばらく言葉を失った。それは一風変わったおとぎ話で、「今までの話はなんだったのか?」と言いたいようなものだった。

(八)

美保子は、堤防の縁から下ろしていた足を上げると横座りになって、「どっか行こうよ」と健太郎に言った。

その提案に「うん」と言うのも忘れて、健太郎は「あのさァ」と美保子に言った。

「なに？」

「なんで俺にさ、東北行ったとか、そういう話したの？」

顔を向けた美保子は、まるで「私そんな話したっけ？」と言いたいような顔をしてから、「だって――」と言った。

「こっち帰って来ても、そういう話出来る人って、いなかったんだもん」

その一言は、ほんのわずかだけ健太郎を喜ばせた。

「友達に言ったって、私勝手にネガティヴだからちゃんと言えないし、そんなこと言ったって誰も喜ばないでしょう。お母さんに言ったって、〝そんなにいやならやめればいいでしょう〟しか言わなかったし。〝いやなんじゃないの！　つらいの！〟って私が言ったって、〝どう違うのよ？〟って分かってくれないし、お父さんだって、〝そんなにつらい思いして行ったって、人は喜んでくれないぞ〟って言って。〝喜んでくれる人だっているもん〟って言ったら、喧嘩になって、話しても無駄だなと思ったから、もう話さなかった。よく考えたら私、高校卒業したら友達いなくなってたし——」

「どうして?」

「だって、ジュンジュンはウチの高校じゃなかったし。私、ジュンジュンとだけ付き合ってたから、他の奴なんてどうでもいいと思ってて。だから、ジュンジュンと別れたらなんにもないの。卒業式で高校行って、私一人ぼっちなんだって、ようやく分かった」

健太郎はまたこっそりと欲情していた。美保子は、付き合っていた男を「ジュンジュン」と呼ぶ——それが生々しかった。

「美容学校行ってもなかなか馴染めなかったし、友達を作りたいと思ったって、友達はハサミくらいだったし。だから私、〝いっそ行ってやる〟って思って東北行ったの。そんでもさ、やっぱりここで東北の話したって浮くでしょ。だから、言いたくないっていうんじゃなくて、言える相手がないから言わなかった」

「なんで俺には言ったの?」

「たまたま——。初め誰だか分かんなかった。それで、〝あ、知ってるか〟って思って、ここ来てから、高校の終わりの時に〝みんなでなんとかしなくちゃいけないね〟って言ってたなって、思い出したの。そんで、どうせみんななんにもしなかったんだろうなって気がして——」

健太郎には「したよ」という答がなかった。

「ぼーっと海見てたらさ、〝言ってもいいか〟って思って。ほんとは誰でもよかったんだ。私別に、あんたのことどうとも思ってないから」

健太郎は黙っていた。「悪かったな」と言ったら負け犬になる——そのことだけは分かって、美保子の方に「俺はどうとも思ってない」という視線を送るので精一杯だった。

美保子は立って、「行こう」と言った。

「どこへ？」と健太郎が言うと、「ビールが飲みたい」と言って、一人で堤防の階段を下りて行った。

立った健太郎は、堤防の上からその美保子の姿を見ていた。さっさと下りた美保子は、水色のスクーターの傍らに立っていた。クルーネックの白いTシャツの襟元から、胸は見えなかったが、白い鎖骨が見えていた。改めて健太郎は、うっすらと甘酸っぱかった美保子の肌の匂いを思い出していた。

女は強い。あるのかないのか分からない小舟に乗り込む夢を見ていられる。「自分にはなにがあるんだろう？」と思うと、なにもない。緑の葉影の濃い入江を行く舟に女が一人で乗っている——それを、陸《おか》の上から見ているような気がした。

ヘルメットを着けた健太郎がスクーターに乗ると、同じくヘルメットを着けた美保子が後ろからその腰に腕を回して来た。そこにやって来た時よりも明白に、しっかりと抱きついた。「私別に、あんたのことどうとも思ってないから」と言える相手だから馴れ馴れしく抱きつくことが出来るという不思議さに戸惑って、それでも健太郎は黙ってスクーターを発進させた。

もう健太郎は、美保子のメールアドレスを手に入れることだけしか考えていなかった。

団欒

五年振りに家族全員が食卓に揃った。父親一人が暮していた家に母と息子が戻り、離れて暮していた娘も片付けの手伝いに戻って来ていた。

家の整理に追われていた昼はカップラーメンですませたが、夕食には豆板醤を使った竹輪といんげんの炒め煮、鶏の唐揚げと野菜サラダを盛った三つの大皿が食卓に並んだ。

「一《いっ》ちゃん、お祖母ちゃんにご飯上げて」

台所から炊飯器を持って出て来た姉は、食卓の横に炊飯器を置くと弟に言って、また台所に去った。

五年前には小学生だった弟が野太くなった声で「うん」と答え、奥の部屋から出て来た。この春農業高校に入った弟は、炊飯器の横に座ると蓋を開け、手馴れた様子で小さなご飯茶碗に湯気の立つ白米をよそって、仏壇に供えた。祖母は五年前に死んで、それ以来、祖母の位牌と写真の前に食事を供えるのが習慣になっていた。

味噌汁の入った鍋を持って台所から出て来た姉は、「一ちゃん、お父さん呼んで」と言って、「あ、その前に鍋敷き持って来て」と弟に言った。

「早く！」と言われた弟は台所に首を突っ込んで、「鍋敷きどこ？」と母親に言った。姉は「早く！」と言い、濡れた手をエプロンで拭く母親は、「あたしが持って行くから、あんたはお父さん呼んで」と言った。

弟は「うん」と言って、台所の横の勝手口から、牛舎にいる父親を呼びに出て行った。


夕暮れの空は青く澄んで、牛舎の前に立った父親は空を見上げている。「お父さん、ご飯」と言って近づいた息子は、空を見上げる父親に「なにしてるの？」と尋ねた。初夏の空の下には干し草の匂いが漂って、西の空にはまだ細い月が冴え冴えと輝いている。「なにしてるの？」と問われた父親は、空を見上げたまま、「これからが大変だなと思ってたんだ」と答えた。

息子は「僕も頑張るよ」と言って、父親はそれに答えなかった。

五年前の揺れで傾いた牛舎は、建て直さなければならなかった。傾いた牛舎の下敷きになったり逃げ出したりした牛は、買い直さなければならなかった。借り入れ金はかなりの額になる。TPP交渉の結果如何では、酪農などというものが日本で成り立たなくなる。生乳の安全が完全に保証されているとはまだ言えない。そんな中で酪農を再開して、「大丈夫」とは言えない。息子が「頑張るよ」と言って、素直に喜べるのか？ 息子のためを思うのなら、この土地を去ったほうがよかったのかもしれない。しかし、父親の裕次《ゆうじ》は舅から受け継いだ家を手放したくなかった。父親の横で、息子も空を見上げていた。地上になにが起こっても、空の様子は変わらない。輝く星が少しずつ増えて、うっすらと雲の流れる空は静かなままだった。

父親は息子に「行くか」と言った。

息子は父親に向かって、「大変だよね」と言った。言われた父親は黙って息子の手を握り、それから明かりの洩れている住居の方へ向かった。

周りに人家の明かりはない。五年前にも少なかったが、家そのものがなくなってしまった今では闇だけが広がる。ガタピシになりはしても、家があるだけまだいい。


部屋に入った父親は食卓に並んだ料理を見て、「お、ご馳走だな」と言った。独りでサバ缶をつつくような生活をしていた父親には、同じ食卓に置かれたサラダの緑とその上に飾られたゆで卵の黄身がまぶしかった。

母親がビールの栓を抜いて、父親のグラスに注いだ。自分のグラスにも注いで、「あんたもいる?」と娘に言った。

娘は「うん」と言って、台所にグラスを取りに立った。弟は「俺も」と言ったが、母親は「あんたはだめ」と言った。

「いいじゃないか、今日ぐらい」と父親は言って、息子はすかさず「姉ちゃん、俺も」と台所に叫んだ。

姉のみづきはグラスを二つ持って、立ったままその一つを弟に渡した。

畳に腰を下ろした姉は自分のグラスにビールをなみなみと注いで、弟には一口程度を注いだ。

弟は「もっと」と言って、姉は「未成年が贅沢言うんじゃない」と言った。

父親は泡の消えかけたビールのグラスを手にして、捧げ持つように前へ出すと、「じゃー！」と言った。

母親も子供二人も父親に合わせてグラスを前に出し、「乾杯」となる前に母親は天井を見上げた。

「どうしたの？」と言う娘の声に、母親は「これからもお願いしますって思ったの。祖母ちゃんもやっと家に戻って来れたから」と答えてグラスを捧げ持つと、「よろしくお願いします」と言って頭を下げた。父も子供もそれに倣った。

家の改築にまで資金は回らない。古い家の屋根の下で四人はビールを飲んで、すぐにグラスを空にした息子は、箸を取って「いただきます」と言った。

息子は唐揚げを頬張る。グラスを置いた娘も箸を取って、「私もここから通えればいいんだけどな」と前置いて「いただきます」と言った。五年前には高校生で、「パティシエになりたい」と言っていた娘は、高校を卒業すると看護学校に入り、看護師になっていた。

そんな姉に弟の一朗は、「通いたければ通えばいいじゃん」と無責任なことを言った。

姉は、手にした箸を置いてまたグラスを取り、「無理だよ」と言った。

「ここから一時間半かかるもの」

姉の勤務先は、山を越えたその先にある。交通手段は車しかない。鉄道を使えば山裾を大回りして乗り換えなければならないが、その鉄道はまだ全線開通をしていない。鉄道に代わるバスの便は通っているが、それも一日に五本で、夜の七時を過ぎればもうバスはなくなってしまう。この町にあった病院は閉鎖されたままで、勤務先はバスに乗り鉄道に乗り換えた先にしかない。

グラスのビールを呑み干した娘は、「いいよ、その内に金貯めて、軽自動車買うもの」と言った。「その前に免許取りなよ」と母親は言って、父親は「無理するなよ」と言った。

娘は大皿のサラダに箸を伸ばし、どちらにも答えるように「うん」と言った。

弟は、「姉ちゃん、免許とって車買ったら、俺乗せてくれよ」と言った。

「乗せてどこ行くのよ?」と姉が言うと弟は「高校まで」と言った。

姉は、「帰りはどうすんのよ? 私は迎えになんか行かないからね」と言う。弟は、「そこをなんとか」と言って、姉は「チャリで通いなさいよ。自分の高校なんだから。一時間漕いで——」と言った。

「オラやだ」

「やだったって、明日からそうなんだかんね。父ちゃんは朝忙しいから、送ってなんかくんないよ」

姉と弟の話の向こうで、父親はなにも言わない。竹輪といんげんの炒め煮を口に入れて、「これはうまいな」と母親に言った。

夫より二歳歳上の妻は「そうォ?」と言って自分の作った料理に箸を伸ばし、「豆板醤使ったのよ」と言った。

鶏の唐揚げを頬張っていた息子も竹輪といんげんに箸を伸ばして確かめると、「わりとね」と言った。体重を気にして「まず野菜から」と決めている娘も、いんげんに箸を伸ばして「おいしいね」と言った。

母親も口の中のものを確かめるようにして、「いい味だ」と言った。

父親が二杯目のビールを飲み干して、ビール瓶を空にした。「もう一本開ける?」と母親は言って、父親は「今日はやめとこ、飯にしよう」と言った。

一家の食事は黙って進み、味噌汁をすすった父親は思いついたように、「そうだ、津雲《つくも》さんが帰って来るぞ」と言った。

「津雲さんて、あの小母さん? 結婚したの?」と娘が言った。

「してないよ」と母親は言った。「聞いてないもの」と。

「じゃ、まだ独りなんでしょ? お爺さんもお婆さんも死んだのに、なんで帰って来るの?」と言う娘に、父親は「同じ独りならここがいいんだと。今、家を建て直してる」と言った。

娘は「どうして?」と食い下がる。「ここがいい場所だから」という答はない。

「爺さんと婆さんがいる所にいたいんだろ」と父親は言った。

母親は、その夫の顔を黙ってみている。

この先の生活が楽ではないことを、一家の四人は知っている。だから、「その内みんな帰って来るよ」とは言えない。口にはしたいけれど、口には出来ない。四十を過ぎた独身の女がここで独りで暮して、寂しくはないのかと思う。思うけれど、それも言えない。ここに住む誰かがいて、ここに眠る誰かがいて、それが恋しければこの土地にいる。夫の裕次が「戻る」と言わなければ妻の千春もこの家に戻っては来なかっただろう。この家は元々、千春の親達の家だった。


千春には兄が二人いた。バブルと言われる時代だった。高校を卒業した兄達は、都会地に職を求めて家を離れた。両親はまだ若かったが、五十を過ぎた父親と五十に近い母親が二人で牛の世話をしている家を離れてもいいものかと、千春は思った。まだ、町は町の形を留めていて、高校を卒業した千春は、隣町の農協に就職した。

裕次は、千春の高校のクラスメイトだった女の妹が付き合っていた男だった。かつてのクラスメイト達と行った居酒屋に裕次がいた。まだ町と町との間が自由に行き来の出来る時代だった。

妹と付き合っていた男を見つけた千春の元クラスメイトは、「あんた、なにしてんのよ?」と裕次に言った。裕次は格別になんとも言わなかったが、そこで裕次と千春は顔を合わせた。裕次が一目惚れしたわけではなく、千春の方が一目惚れをした。

高校時代の裕次は不良だった。卒業して何年もたっているのに、顔には野生の雄々しさが残っていた。裕次の父は高卒で、大手の自動車部品メーカーで働いていた。口癖のように、息子達に「大学へ行け」と言っていた。おとなしい兄は、その父と時代に従った。弟の裕次はそれに反発した。豊かで騒々しくて、それが当たり前の時代だった。

裕次は職を転々として家に居着かず、千春と会った時には自動車の整備士になっていた。それでもむら気で、まだ喧嘩っ早かった。

千春と会った時、裕次は二十四歳だった。苛ついてふらついた末に、ふらつくことに苛立つようになっていた。裕次と同様、千春も苛ついていた。二十六にもなって、まだ結婚相手が見つからない。自分がどうしたいのか分からない。五十過ぎだった父は六十過ぎになった。どうしたらいいのか分からない自分は、まるで老いた両親のいる家に縛りつけられているようだった。

出会って一年後、千春は妊娠していた。苛ついた心は落ち着いていたが、妊娠を父親に打ち明けるのがつらかった。

出来てしまったものは仕方がない。裕次と相談して、父親に結婚の承諾を求めた。

父親は怒りもせず、気難しい娘に結婚相手が出来たことを、素直に喜んだ。千春が驚いたのは、父親が自分のことを「気難しい娘」と思っていたことだった。娘の妊娠に気づいていた母親は、事の収まりを黙って受け入れていた。

「送って来る」と言って裕次の帰りの車に同乗した千春は、車の中で「あたしって、難しいの?」と裕次に尋ねた。裕次は笑って、「そうかもしれない」と言った。

千春は「どうしてよ?」と言って隣で運転する裕次の太腿を拳で殴り、殴られた裕次は、笑ったままなにも言わなかった。

腹の大きさが目立ち始める頃、千春は裕次に連れられて彼の両親と会った。父親は痩せて神経質そうな男で、なにも言わずただ黙っていた。父親が黙っている以上、母親も茶を出す程度のことしかしない。二人とも、千春が裕次より二歳年上で、しかも妊娠していることに抵抗を感じているらしい。家を出た後で、千春は「悪いけど、あんたがいやがるのよく分かるよ」と言った。

裕次と千春の父は睦まじくなった。千春の家にやって来た裕次は舅となる男と酒を汲み交わし、やがては牛舎の手伝いもするようになった。無機物の自動車よりも、話し掛ければうなずいてくれる牛の方が可愛かった。

「式をいつにするか」と話し合う内、千春の腹は大きくなる。千春の父は、「式は子供が生まれた後でもいいだろう」と言った。

さっさと婚姻届を出した裕次は、千春の家に移り住んだ。勤めを辞めて、義理の父と共に牛の世話を始めた。「式を挙げる前にそんなことをしていいのだろうか?」と修理工場を辞めると言った裕次を千春は危ぶんだけれど、裕次はそのまま乳搾りをする男に変わった。

裕次の妻となった千春は姓を変えたが、千春の父は新しく後継ぎの息子が出来たことを喜んだ。「普段はそんなこと言わなかったけど、お父さんはやっぱり後を継いでくれる男の子が欲しかったのかな」と、娘のみづきを産んだ千春は思った。

舅に協力し、舅に教えられて、裕次は飼育する牛の数を倍にまで増やした。舅の勇は婿の裕次に感謝して、二人目の孫の一朗が小学校に入った年に世を去った。

それから四年、一切が水泡に帰した。


あの大災害は、それ以前の記憶を消し去ってしまった。時間にも断層が出来たように、それ以前のことが思い出せない。

記憶は、ゼロからスタートした人の胸の中にそれぞれ孤立してあって、それ以前の記憶を人と共有することが出来ない。後ろを向いて記憶の再構成をする前に、先へ足を踏み出さなければ、甦る記憶の置き場所がない。記憶は、個々人の胸の中に、個々人の記憶として細い根のように伸びているだけだ。

五年前、息子の一朗は農業高校に行こうなどとは思わなかった。外に職を得ていた父が「牛舎の再開をしたい」と言う一年前、「僕は農業高校に行く」と言った。

父親は息子に、なにも強制をしなかった。それでも息子は、「お父さんを手伝う」と言った。「嬉しい」と思う前に、父は「息子を道連れには出来ない」と思った。それでも息子は、「お父さんを手伝う」と言った。

一朗は、失われてしまった五年前の風景を覚えている。しかし、その記憶の中に帰りたいわけではない。父親と別れた避難生活の中で、自分はなにが出来るのだろうと思った——看護師になろうと思った姉と同じように。

なにが出来るのか分からない。父に従うことを選択して、十五歳の一朗は、闇の中にポッンと点る明かりのように、心細かった。でも、それを口にすることは出来ない。周りが闇でも、明かりが点っているだけいい。その光が生きる意志で、誰もがそれぞれにその意志を持っている。四人で囲む食卓を明るくするのは、そのそれぞれの持つ意志の光だった。

緑色のいんげんを摘み、煮汁を含んだ竹輪を口に入れて、その味を「わりとね」としか言わなかった息子が、「あ、やっぱりおいしいや」と言った。

父親は「そうだな」と言って、母親はなにも言わずに鼻で「ふん」と言って、茶碗の飯を口に運んだ。

娘は、鶏の唐揚げを自分のご飯茶碗に載せて、箸の先で突きながら、「明日帰るの、やだな」と言った。古いままの天井を見渡して、その家を「懐しい」と思った。

*初出一覧

助けて　「Story Power 2012」新潮二〇一二年四月号別冊
渦巻　「すばる」二〇一二年六月号
父　「新潮」二〇一二年九月号
枝豆　「新潮」二〇一二年七月号
海と陸　「新潮」二〇一三年二月号
団欒　書き下ろし

初夏《はつなつ》の色《いろ》

著者
橋本《はしもと》 治《おさむ》

発行
2013年8月30日

発行者 佐藤隆信
発行所 株式会社新潮社
〒162-8711 東京都新宿区矢来町71
電話 編集部 03-3266-5411
読者係 03-3266-5111
http://www.shinchosha.co.jp

印刷所
大日本印刷株式会社
製本所
加藤製本株式会社

乱丁・落丁本は、ご面倒ですが小社読者係宛お送り下さい。
送料小社負担にてお取替えいたします。
価格はカバーに表示してあります。

ISBN978-4-10-406114-3 C0093

ひらがな日本美術史2　橋本治

龍安寺の石庭は難解な哲学なのか。歴史上もっともパンクな天皇とは誰か。遠い過去のことでも他人事でもない中世へ、思考する眼が旅をする大反響シリーズ第二弾。

ひらがな日本美術史3　橋本治

〝元祖バブル〟の安土桃山時代は傑作がメジロ押し。枯淡あり絢爛あり妙なものあり。日本人の失われたセンスと矜持がこの時代に輝き溢れていたのは何故なのか？

ひらがな日本美術史4　橋本治

シリーズ第四弾は、「最高の画家」宗達から、とんでもなくオシャレな「桂離宮」まで、時代を超越した江戸のセンスが目白押し。異端にしてド真ん中の日本美術批評。

ひらがな日本美術史5　橋本治

日本美術の曲がり角、18世紀後半。京都には応挙、蕭白、若冲がいて、江戸には歌麿、写楽がいた。百花繚乱の「江戸」を軽やかに迎え撃つ、待望のシリーズ第5作！

ひらがな日本美術史6　橋本治

富士山にクジラに東海道！　江戸も残りわずかの19世紀。維新前夜に爛熟を迎えた北斎、歌麿、国芳、広重ほか、色気と情緒たっぷりのシリーズ第6巻は〝前近代篇〟。

ひらがな日本美術史7　橋本治

日本にも、こんなに美しいものがある——。高橋由一、竹久夢二、東京五輪ポスターなど、近代日本美術が大集合。ビジュアルで日本史を描く壮大な試み、堂々フィナーレ！

いつか、この世界で起こっていたこと　黒川 創

ベラルーシのきのこ狩りは、七万四千ベクレル／㎡以下の森で――。震災後に生きるわたしたちを小さな光で導く過去のできごと。深い思索にみちた連作短篇集。

暗殺者たち　黒川 創

日本人作家がロシア人学生を前に語る20世紀初頭の「暗殺者」たちの姿。幻の漱石原稿を出発点に動乱の近代史を浮き彫りにする一〇〇％の事実から生まれた小説。

双頭の船　池澤夏樹

失恋目前のトモヒロが乗り込んだ瀬戸内の小さなフェリーは、傷ついたすべての者を乗せて拡大する不思議な「方舟」だった。鎮魂と再生への祈りをこめた痛快な航海記。

大地のゲーム　綿矢りさ

私たちは、世界の割れる音を聞いてしまった――。21世紀終盤、大震災に襲われた首都の大学構内に住みついて、必死で生き抜こうとする若者たち。未来版「罪と罰」。

ちょうちんそで　江國香織

いい匂い。あの街の夕方の匂い――。人生の黄昏時を迎え、一人で暮らす雛子の元を訪れる人々の秘密と雛子の謎。切なさと歓びが闇から掬い上げられる、記憶と愛の物語。

火山のふもとで　松家仁之

国立図書館設計コンペの闘いと、若き建築家のひそやかな恋を、浅間山のふもとの山荘と幾層もの時間が包みこむ。胸の奥底を静かに深く震わせる鮮烈なデビュー長篇！